엄마의
삶에
스며들다

엄마의 삶에 스며들다

발행일   2016년 3월 20일

지은이   남홍섭
펴낸이   손형국
펴낸곳   (주)북랩
편집인   선일영   ·   편집   김향인, 서대종, 권유선, 김예지
디자인   이현수, 신혜림, 윤미리내, 임혜수   제작   박기성, 황동현, 구성우
마케팅   김회란, 박진관, 김아름
출판등록   2004. 12. 1(제2012-000051호)
주소   서울시 금천구 가산디지털 1로 168, 우림라이온스밸리 B동 B113, 114호
홈페이지   www.book.co.kr
전화번호   (02)2026-5777   팩스   (02)2026-5747

ISBN   979-11-5585-828-8 03810(종이책)   979-11-5585-829-5 05810(전자책)

이 도서의 국립중앙도서관 출판예정도서목록(CIP)은 서지정보유통지원시스템 홈페이지(http://seoji.nl.go.kr)와
국가자료공동목록시스템(http://www.nl.go.kr/kolisnet)에서 이용하실 수 있습니다.
(CIP제어번호 : CIP2016006704)

성공한 사람들은 예외없이 기개가 남다르다고 합니다.
어려움에도 꺾이지 않았던 당신의 의기를 책에 담아보지 않으시렵니까?
책으로 펴내고 싶은 원고를 메일(book@book.co.kr)로 보내주세요.
성공출판의 파트너 북랩이 함께하겠습니다.

엄마의 삶에 스며들다

남홍섭 지음

일제강점기에 태어나 전쟁을 거치고
마침내 보릿고개를 넘어야 했던,
아! 어머니, 나의 어머니

북랩 book Lab

■

형, 누나, 첫째 여동생,
둘째 여동생, 막냇동생에게
감사한 마음을 보낸다

■

머리말

　　　　　　　　엄마는 올해 여든여섯 살이다. 몇 해 전 어느
날, 엄마와 나란히 누워 잠을 자면서 대화를 나누게 되었다. 살아오
면서 겪어 온 얘기도 하고, 예전에 있었던 사건들에 대해 궁금한 점
도 물어보고, 요즘 엄마의 건강과 어떠한 생각을 하고 있는지 의견도
들어보기도 했다. 정해진 주제도 없이 생각나는 대로 과거와 현재를
왔다 갔다 하면서 대화를 나누었는데, 문득 엄마가 하고 싶은 얘기
가 많다는 것을 깨달았다. 그 누구도 그러한 얘기를 들어주려고 관
심을 가지는 사람이 없었으니 엄마는 가슴속에 묻어두고 있었다.

　나 역시 우연히 대화를 나누다가 이런 얘기까지 나누게 됐는데, 그
동안 내가 너무 무심했구나 하는 생각을 하게 되었다. 나나 우리 남
매들은 모두 환갑을 전후한 나이가 되었다. 이 나이가 되도록 우리
살아갈 걱정만 했지, 엄마의 마음을 헤아려 볼 생각은 하지 못했다.

관심을 가져주지 않는데 엄마 혼자서 독백을 하듯이 할 수는 없었을 것이다. 그날 이후 나는 더 자주 엄마와 많은 얘기를 나누었다. 얘기를 하는 동안 엄마는 적극적으로 가슴속에 쌓아두었던 실타래들을 한 올씩 풀어내셨고, 이전보다 기분이 더 좋아 보이셨다. 엄마는 오래전 일들을 빈틈없이 기억해 내었다. 몸으로 부딪혀 겪은 일들이기에 쉽사리 잊히지 않는 것 같았다. 그리고 수십 년 동안 쌓아두기만 하고 밖으로 쏟아내지 못했던 것을 하나씩 비워주니까 속이 후련해지신 것 같았다.

나는 이 얘기들을 소중하게 간직하고 싶다. 그리고 나 혼자 알고 흘려버리기에는 너무 아쉬워 이 글을 쓴다.

2016년 2월

차례

머리말 • 6

Story 01 엄마와 잠자기 • 10

Story 02 서울 나들이 • 21

Story 03 폐암과 폐결핵 • 31

Story 04 처녀 공출 • 45

Story 05 고향길 외출 • 64

Story 06 전쟁과 삶 • 77

Story 07 생生과 사死의 경계 • 97

Story 08 보릿고개 • 105

Story 09 출산과 육아 • 112

Story 10 누에치기 • 121

Story 11 푸른 털 토끼 • 128

Story 12 관절염 이력 • 136

Story 13 근심거리 • 147

Story 14 틀니 • 157

Story 15 꽃신 선물 • 162

Story 16 감식초 • 167

Story 17 담배 연기 • 173

Story 18 토란 농사 • 179

Story 19 행복한 시간 • 184

Story 20 관습의 변화 • 190

Story 21 갈등 • 196

Story 22 들깨 수확 • 201

Story 23 엄마와 대화하기 • 208

Story 24 유채 키우기 • 213

Story 25 태풍이 지나간 자리 • 217

Story 26 산초나무 • 222

엄마와 잠자기

엄마는 혼자서 생활하며 살아간다. 혼자 밥을 먹고 혼자 잠을 자고 혼자 TV를 본다. 하루 종일 혼자 있으니 너무 무료하고 외롭고 심심하다. 아버지가 돌아가신 지 벌써 16년이 되었는데, 그때 이후로 계속 혼자 살아가고 있다. 말을 할 상대가 없고 장난 칠 대상이 없다는 건 사람을 너무 무료하게 만든다. 수십 년을 같이 살아온 아버지가 어느 날 없어지고, 빈 공간만 남아 있는 방과 거실을 바라보면 가슴이 허전해지고 머리가 반쯤은 비어버린 것 같을 텐데, 혼자 그 공간을 지켜야 한다면 얼마나 외로웠을까?

아버지가 살아 계실 때까지 엄마는 경로당엘 간 적이 없다. 아버지가 돌아가실 때 엄마의 나이가 69세였으니 나이로 치면 경로당에 간다한들 누가 허물을 잡을 수도 없었다. 그렇지만 갈 생각이 전혀 없는 것 같았다.

"그 귀신들 구덩이에 내가 왜 가."

경로당 얘기만 나오면 엄마는 이렇게 잘라 말했다. 아버지가 가신 지 얼마 후부터 엄마는 경로당에 간다. 점심식사를 빨리 마치고 곧바로 경로당에 간다. 오후 내내 '그 귀신'들과 얘기하고 수다를 떨며 바닥에 드러누워 있기도 하다가 다 같이 저녁 식사를 해먹고 집으로 돌아온다. 가슴에 쌓여 있는 걸 풀어 놓을 사람이 없고 내가 살아 있는 걸 증명해 줄 사람이 없으니 '그 귀신'들 하고라도 얘기를 하고 놀아 주는 게 하루가 훨씬 더 잘 지나간다.

엄마는 연세에 비해 몸을 많이 움직인다. 혼자 있어도 예전부터 해오던 습관이 몸에 배어 있어서 옥상에 커다란 화분을 만들어 고추도 심고 상추, 열무, 배추 등 철마다 바꿔 가면서 채소를 가꾼다. 다리가 아프고 팔과 어깨가 욱신거려도 계단을 오르내리면서 일을 멈추지 않는다. 나는 엄마가 이렇게 채소를 가꾸고 계단을 오르내리는 걸 말리지 않는다. 오히려 더 권장한다. 전화할 때마다 얘기한다.

"엄마, 힘들고 귀찮더라도 몸을 계속 움직이소. 운동하는 셈치고 천천히 걷거나 조금씩이라도 바깥에서 돌아 다니이소."

다행히 엄마는 꾸준히 몸을 움직인 결과 아직 다른 친구들보다 건강한 편이다. 엄마가 말한 '그 귀신'들이 이젠 친구로 변해 있다. 낮에 적적함을 달래주기엔 친구만 한 게 없다.

사오 년 전 아버지 제사를 지낸 날 밤 엄마가 자는 방에 함께 누였다. 그날은 무척 더웠다. 대구의 여름이 원래 덥기로 유명한데 그 해는 유독 더워서 그냥 앉아 있어도 땀이 흐를 지경이었다. 조금이라도 바람을 더 불러들이기 위해 문을 사방으로 다 열었다. 거실문도 열고 안방의 창도 열고 부엌의 창문도 열고 건넌방의 문도 열고 엄마의 방에 누웠다. 단독 주택의 이 층인데, 집 앞과 옆에 도로가 있어서 이렇게 문을 열면 지나다니는 사람의 숨소리까지 들릴 정도로 개방된다. 차 소리, 행인들의 말소리, 옆집에서 나는 웃음소리까지 들려 아파트 생활에 젖은 나로서는 깊은 잠에 빠지기가 어려웠다. 그렇지만 더위를 이길 재간이 없으니 문이란 문은 다 열어젖혔다.

얼마나 오랜만에 엄마와 나란히 누워 잠을 자보는 건가. 매년 설날, 추석, 아버지 제삿날 그리고 11월 초순 시골 산소에 벌초하러 갈 때면 엄마 집에 와서 잠을 잔다. 그 사이에 집안에 큰일이 있을 때는 꼭 엄마 집에 들른다. 그렇지만 잠은 건넌방에서 자거나 더울 때는 거실에서 자고 돌아갔다.

명절이면 형님과 조카네는 집이 대구니까 저녁 식사를 한 후에 집으로 간다. 누나와 여동생 네도 집이 대구라서 여기서 잠을 자지는 않는다. 나와 막냇동생만 서울에서 내려와 엄마 집에서 잠을 잔다. 건넌방도 비어 있고 거실도 있으니까 동생과 나는 한 칸씩 차지하여 널찍하게 자곤 했는데, 웬일인지 그날은 엄마 옆에서 자고 싶었다.

엄마의 옛이야기도 듣고 나의 현재 이야기도 들려 드리며 가족

엄마의 삶에 스며들다

들의 살아가는 이야기도 나누고 싶었다. 그런데 엄마가 먼저 운을 뗐다.

"야, 오늘은 잠을 푹 자겠다."

"왜요? 요새 잠을 잘 못 자요?"

"요즘 너무 더워서 문을 사방으로 열고 자는데, 무서워서 잠이 잘 안 와. 너희 아부지 계실 때는 옥상에 자리 깔고 자기도 했는데, 혼자서는 무서워."

순간 나는 벼락을 맞은 것 같았다. 혼자라서 적적하실 거라는 생각은 하고 있었지만, 밤에 무서워할 거라는 생각은 전혀 하지 못했다. 낮에 친구들을 만나고 같이 놀고 지내면 적적함과 외로움이 달래어지고, 밤에는 잠도 잘 주무실 거라고 여기고 있었다. 그런데 무서워서 잠을 편히 못 주무신다니……. 그렇다고 이 더운 날 문을 꼭 닫고 지낼 수는 없지 않은가. 내가 아무리 엄마를 이해하려고 해도 아직은 부족한 게 너무 많다.

엄마가 혼자 사는 걸 고집하는 덴 이유가 있다. 대구에 형님도 있고 누나와 두 여동생이 살고 있어서 자식들 집으로 가서 살려면 언제든지 갈 수 있다. 누구도 오지 말라고 막는 사람은 없다. 아버지가 돌아가신 직후에 형님은 그런 뜻을 내비친 적도 있다. 장남으로서 당연히 그렇게 해야 하지 않겠느냐고……. 엄마는 분명히 반대했다. 나는 나중에 엄마와 단둘이 있는 자리에서 엄마의 심중을 확인했다.

만약 엄마가 형님의 집에서 생활한다면 다른 자식들이나 특히 사위들이 마음대로 놀러 올 수 있겠느냐는 것이었다. 5월 어버이날이면 손자 손녀가 와서 꽃을 달아 준다. 다 큰 손자 손녀들은 직장을 찾아 멀리 가거나 결혼을 해서 출가를 하고 올해는 막내딸의 아들딸이 와서 식사를 함께했다. 엄마에게는 이게 삶의 낙이다. 자식들이 놀러 오고 손자들이 모여서 함께 웃고 떠들고 하는 것을 보는 행복을 누리고 싶어 한다.

지난여름에는 둘째 사위가 영덕에서 갓 잡은 커다란 생선을 사왔다며 나에게 자랑을 하셨다. 둘째 사위는 "장모님 싱싱할 때 얼른 구워 잡수세요." 하고 갖다 드렸지만, 엄마는 절대로 그걸 혼자서 구워 먹지 않는다. 마침 내가 집에 들르자 엄마는 그걸 구웠다. 엄마는 이런 행복을 오래 누리고 싶어 한다.

아버지가 살아 계실 때 '가족 간에 우애 있게 지내야 한다.'는 말을 가끔 하셨다. 자식들과 손주들까지 합하면 축구팀 두 팀을 꾸릴 수 있을 만큼 많으니, 혹시나 있을 서로의 불화를 걱정하신 거였다. '가지 많은 나무에 바람 잘 날 없다'는 말도 있지 않은가.

엄마도 마찬가지였다. 그래서 엄마는 이 집을 지키기로 했다. 조카들이 어릴 때까지는 사이가 아주 좋아서 네 것 내 것 할 것 없이 잘 지내던 첫째와 둘째 사위가 근래에는 서먹서먹해져 있고, 형님과 누나 집안도 근래에 좀 뜨악한 사이가 되어 있다. 이럴 때 엄마가 형님 집에서 산다면 어느 한쪽이 올 수 있겠느냐고 생각하신 거였다.

살다 보면 서로 뜻이 안 맞는 일도 생기고 오해를 살만한 일도 생긴다. 하지만 엄마 집에 인사하러 왔다가 서로 마주치고 부대끼다 보면 마음이 누그러질 수도 있고 예전의 따뜻한 사이로 돌아갈 수도 있는 게 아닌가. 이런 이유에서 엄마는 아버지와 함께 살았던 집을 떠나지 않으려 한다. 혼자 사는 불편함보다는 가족들이 잘 어울리고 내왕을 많이 하며 화목하게 지내는 것을 더 좋아한다. 한 사람이 아니라 모든 자식을 똑같이 사랑하고 보듬고 싶다는 뜻이었다. 엄마는 겉으로 좋다 싫다 표현하지는 않지만, 마음속 심중의 깊이는 넓고 깊게 간직하고 있었다.

■

엄마의 잠버릇은 좀 독특하다. 잠자는 중에 잠꼬대를 잘하는데, 꼭 평소 말하는 것처럼 생생하게 한다. 내가 중학교 다닐 때까지는 대구 대명동에 살았다. 오래된 한옥이었는데 툇마루가 기다랗게 마당 앞쪽으로 놓여 있고 그 끝쪽은 마루로 된 거실과 연결되어 있었다. 마당 앞은 벽돌로 담장을 쌓아 놓았다.

큰길에서 골목을 따라 구불구불 들어와서 제일 안쪽, 즉 더 이상 길이 연결되지 않는 막다른 집이었다. 마당 한편에는 석류나무가 있어서 추석 무렵에는 빨간 석류가 탐스럽게 열렸었다. 그 석류 맛은 새콤해서 공부하다 졸릴 때 몇 개만 입에 넣어도 잠이 확 달아났다. 그 정도로 머리를 뒤흔들어 놓았지만 나는 연달아 석류를 먹곤 했다. 그 새콤한 맛이 온몸의 세포를 깨워, 내 전신에는 닭 껍질 같은 소름이 돋았다. 또한, 흐릿해져 가는 내 정신을 화들짝 일깨워 현실 세계로 돌려놓았다.

여름철 더운 날이면 엄마는 마루 위에서 곧잘 낮잠을 잤다. 에어컨은커녕 선풍기도 없던 시절이라 그늘이 앉은 마루는 최고의 잠자리였다. 엄마는 잠이 빨리 들었다. 금방 누웠다 싶은데 말소리가 들렸다.

"저 저 저 저놈 잡아라."

"야, 오지 마. 거기 아무도 없나?"

말하는 소재는 다양했다. 처음에는 잠든 건지 아닌지 분간이 안 됐지만 몇 번 경험한 뒤로는 금방 알아챘다. 이럴 때는 빨리 흔들어 깨우는 게 상책이다. 그냥 두면 팔을 휘젓기도 하고 "아!" 하며 놀라는 소리를 내기도 하고 몸부림을 치기도 한다. 깨우고 나면 꿈을 꾸었다고 했다. 꿈속에서 강도에게 쫓기기도 하고, 한 번은 도둑이 들어와서 집안 물건을 훔쳐서 가방에 집어넣고 마당 한편 석류나무 옆에 있는 담장을 넘고 있는 걸 보았다고 했다. 그러니 고함을 지른 것이었다. 신기하게도 이렇게 꿈속에서 하는 말이 실제로 말이 되어 뱉어지는 것이다.

나는 이게 안 된다. 나도 어릴 때 그 마루에서 낮잠을 자며 꿈을 꾼 적이 많았다. 아주 커다란 돌이 굴러떨어져 내 앞쪽으로 내려왔다. 돌에 깔리지 않으려고 죽기 살기로 뛰는데 어느새 돌은 바로 내 뒤꿈치까지 따라 왔다. 나는 '살려달라'고 외치는데 아무리 말을 하려고 해도 말이 입 밖으로 나오지 않았다. 말을 하기 위해서 그리고 돌에 깔리지 않기 위해서 발버둥을 쳤다. 몸을 이리 저리 뒤틀고 발음도 정확하지 않은 '아, 저, 아악'과 같은 단음절만 쏟아 내다가 겨우 눈을 뜨게 되었다. 눈을 떠야 한다는 생각은 잠 속에서도 어렴풋이 알지만 이게 실제로 행동으로 옮겨지지 않았 다. 눈을 떠야 무서운 꿈속에서 해방된다는 것을 알지만, 눈꺼풀 의 실제 무게는 천근만근이어서 한참을 몸을 뒤틀고 요동을 친 후 에야 눈이 떠졌다.

나는 어릴 때 닭을 타고 날아다니는 꿈도 자주 꾸었다. 헬리콥 터만 한 커다란 닭이었는데 이 닭의 등에 올라타고 공설 운동장에 야구 구경하러 가기도 하고 고향 집에 다녀오기도 하며 극장에 가 서 영화도 봤다. 영화를 보고 싶은데 돈이 없어서 표를 끊을 수가 없었는데, 이 닭을 타고 옥상에 내려서 극장 안으로 들어갔다. 한 번은 닭을 타고 가다가 학교 선생님에게 들켰다. 깜짝 놀라서 굴러 떨어졌는데 겨우 닭 날개를 붙잡고 매달리게 되었다. 손을 놓으면 떨어져 죽을 것 같았다. 내려다보니 까마득한 게 너무 무서웠다. 보이는 것은 건물 지붕과 아스팔트 도로. 떨어지면 머리도 깨지고 팔다리도 부러질 것 같았다. 무서움과 두려움이 겹쳐 고함을 지르 고 싶은데 도무지 말이 나오지 않았다.

이때쯤이면 아주 약간 의식이 돌아왔다. 눈을 떠야겠다는 생각 은 들지만, 눈은 떠지지 않았다. 팔을 들어 올리려고도 하고 몸을 뒤틀기도 하고 다리를 들어 올리려고도 하면서 온갖 용을 다 써 본다. 그러다가 겨우 눈이 떠지면, 악몽에서 빠져나온다. 몸에는 식은땀이 배어 있다. 이럴 때는 '나도 엄마처럼 말을 할 수 있었으면' 하는 생각도 했다. 그러면 누군가가 빨리 깨워주었을 테니까.

잠자리에서 엄마와 하는 대화에는 아무런 제약이 없다. 시간과 공간의 구분이 없고 대화의 주제도 한곳에 한정되지 않는다. 70년 전의 과거로 갔다가 금세 오늘의 화제로 돌아오기도 하고 외할머니 얘기를 하다가 경로당 친구 얘기로 돌아오기도 한다. 그 사이사이에 어릴 적 자랐던 고향 집과 그 시절의 이야기를 떠올린다.

외할아버지는 몰락한 양반이었다. 시대는 점차 근대화로 나아가고 있는데 글 읽는 시늉만 하던 한물간 양반이 살아가기는 너무나 힘들었다. 농사를 지어야 가족들이 먹을 것이라도 생기는데, 농사일도 익숙지 않고 농사지을 땅도 손바닥만 한두 필지뿐이었다. 그 땅에 쉬지 않고 일 년 내내 농사를 지어도 가족들 밥을 챙겨 먹기에는 늘 부족했다.

그래서 동네에서 논밭이 많은 집에 부탁해, 밭을 빌려 농사를 지어야만 했다. 학교에 다니는 건 꿈도 꿀 수 없었다. 먹을 것도 없는데 학비를 낼 재간은 더더욱 없었다. 엄마와 엄마보다 세 살 많은 큰이모는 학교에 다닌 적이 단 하루도 없다. 엄마보다 세 살 적은 큰외삼촌은 초등학교에 다녔다. 그 아래의 작은 외삼촌은 초등학교를 4년 다니다가 그만두었다. 큰아들만이라도 학교를 졸업시키려면 그렇게 할 수밖에 없었다.

"그때 학교에 가고 싶다는 생각은 안 했어요?"

늘 배가 고팠고 일을 해야만 한다는 생각뿐이어서 학교에 가야겠다는 생각은 못 했다고 했다. 외갓집은 면 소재지에서 가까웠고 집 부근에 초등학교와 중학교가 있었다. 집 바로 앞에는 작은 교회가 있었다. 나는 어릴 때 외가에 놀러 가면 초등학교 운동장에 자주 갔다. 그곳에서 2층 건물을 처음 보고 신기해했고 어떻게 만들었을까 궁금해했다.

내가 살던 시골 마을에는 기와집이 우리 집과 또 한 집 있었고 나머지는 전부 초가집이었다. 내가 다니던 학교는 1층 건물이었는데 그 학교는 목조로 된 2층 건물이었다. 면 소재지의 애들이 초등학교에 가려면 외갓집 앞을 지나가야만 했다. 엄마는 호미를 들고 일하러 가고, 다른 애들은 책보자기를 들고 공부하러 가고…….

이런 풍경이 나는 상상이 안 된다. 당시에는 부잣집이 아니면 여자애를 학교에 보내는 건 엄두를 내지 못했다. 대부분의 동네 여자애들은 다 같이 부모 따라 밭으로 나가야 했다. 이른 봄이면 소쿠리를 들고 산으로 가서 두릅을 따고 나물도 뜯었다. 다래 순을 나물로 무쳐 먹는 것도 그때 배웠단다. 여름부터 가을까지는 밭채소를 가꾸느라 하루 종일 밭에서 살았다. 가을 추수가 끝나면 떨어진 이삭을 줍기 위해 논으로 밭으로 다녔다. 학교에 다녀야겠다는 생각보단 가족의 생계를 먼저 걱정해야 할 때였다. 아직 열 살도 되지 않은 어린애였는데. 어쨌든 그렇게 해서 큰 외삼촌은 초등학교를 졸업했다.

엄마는 어른이 되어 가면서 공부를 많이 한 사람을 부러워했다. 자신이 하지 못했던 것에 대한 아쉬움이 컸을 것이다. 그래서 자식들 공부를 위해서는 어떤 일도 마다하지 않았다. 먹고 사는 게 힘들어도 집에 돈이 떨어졌어도 그런 내색을 자식들에게 표현하지 않았다. 자신이 몸으로 할 수 있는 일은 뭐든지 다 했다.

엄마와 잠자리에서 하는 얘기는 나를 아주 먼 곳으로 여행하게 만든다. 내가 보지 못했던 곳, 내가 가지 않았던 곳으로 안내한다. 그 길은 편안하다. 걱정도 없고 시름도 없다. 나는 점점 더 엄마의 가슴속으로 들어간다. 그곳은 따뜻하고 아늑하다. 처음 가는 길일지라도 두렵지도 않고 무섭지도 않다. 엄마는 얘기를 하면서 마음이 아주 평온해지는 것 같았다. 평소에 자주 찾아오던 어깨와 팔의 통증, 다리의 찌릿찌릿함도 잊어버린 듯했다.

엄마가 피곤하다면 나는 더 이상 얘기를 이어갈 수 없다. 그렇지만 엄마는 피곤해하지 않는다. 그동안 아무도 들어주지 않았던 얘기, 말할 기회도 없었던 얘기를 하면서 마음은 더 차분해지고 기분도 아주 가벼워지는 것 같다. 이제 졸린단다.

"그럼 이제 그만 자요."

그때 이후로 나는 명절이나 아버지 제사로 대구에 가면 항상 엄마와 나란히 누워 잠을 잔다.

엄 마 의 삶 에   스 며 들 다

서울 나들이

엄마는 청송에서 태어나서 젊은 시절을 고향에서 보냈다. 태어난 집에서 이십 리 떨어진 곳으로 시집와서 아들 셋, 딸 둘을 낳을 때까지 그곳에서 살았다. 엄마 나이 서른 둘, 내가 초등학교 3학년 일 때 형과 나의 공부를 위해 대구로 나오셨다. 그리고 대구에서 막내아들을 낳으셨다. 넉넉지 못한 살림에 여섯 자식을 뒷바라지하느라 손에 물이 마를 날이 없었고 잠시도 쉴 틈이 없을 정도로 몸을 움직이셨다. 게으름은 먼 나라의 얘기였고 낭비는 사치라 여기고 살아오셨다. 대구에서 살림을 시작한 이후로는 고향인 청송에도 거의 내왕을 하지 않고 집안 살림에만 전념을 하셨다. 딸린 식구가 많아 집을 비우고 멀리 다녀온다는 건 어지간한 작심을 하지 않고서는 실행하기가 어려웠다.

여섯 남매가 앞서거니 뒤서거니 하면서 계속 학교엘 다니고 있었으니 항상 새벽밥을 지어야 했고, 밤늦게 돌아오는 자식들 챙기느라 정작 자신만의 시간은 챙길 수가 없으셨다. 요즘은 전기밥솥에 밥을 해 놓으면 보온도 되지만 그 당시에는 밥을 해서 밥공기를 아랫목 이불에 감싸 두어야만 따뜻한 밥을 먹을 수가 있었다.

그때는 연탄불로 방을 데워야 했는데 아랫목에만 따뜻한 온기가 있고 윗목은 냉골인 경우가 많았다. 온기를 보존하기 위해서는 추운 날에는 항상 이불을 덮어 두어야 했고 밖에서 들어오면 차가워진 손을 데우기 위해 이불 밑에 손부터 집어넣었다. 이때 손을 조심해서 집어넣어야 했다. 잘못하면 밥그릇을 넘어뜨릴 수도 있었기 때문이다. 저녁밥은 이렇게 먹으면 되지만 아침밥은 꼭 새벽에 일어나서 따뜻한 새 밥을 지으셨다. 자식들이 공부하러 가는데 아침밥을 따뜻하고 든든하게 먹어야 한다고 하시면서……

보통 새벽 5시경에 일어나서 부엌으로 가셨다. 연탄불 아궁이에 솥을 얹어서 밥을 해야 하니 자리를 뜰 수가 없다. 때로는 불이 꺼져 불을 지펴야 했다. 꺼진 연탄불을 다시 지피기는 쉽지 않다. 신문지를 구겨서 불을 붙이고 그 위에 작은 나뭇가지를 올리고, 불이 나무에 붙으면 연탄을 올렸다. 그러면 매캐한 연기가 났다. 지금에야 그게 일산화탄소이고 건강에 매우 해롭다는 걸 알지만, 그때는 그런 걸 생각할 겨를이 없었다. 방을 데우는 것이든 밥을 하는 것이든 연탄이 없으면 다른 대안이 없었다. 부엌이 가득 찰 정도로 나는 연기를 마셔가며 불 지피는 데만 정신을 쏟는 것이다. 그래야 빨리 방도 데우고 애들 밥도 챙겨 먹일 수가 있으니까.

엄마의 삶에 스며들다

여러 해가 지난 후에 번개탄이라는 게 나왔다. 불을 피울 때 이걸 쓰면 불이 빨리 붙는다. 그렇지만 그걸 살 돈을 아끼느라 집에 남아도는 신문지와 나뭇가지를 쓰는 경우가 더 많았다. 번개탄은 불이 잘 붙지만, 냄새가 독하다. 번개탄의 냄새가 연탄불의 냄새보다 건강에는 더욱 좋지 않다는 사실은 훨씬 지난 후에야 알았다. 그때는 우선 불 피우는데 편리하니까 급할 때는 사용하곤 했다.

어쨌든 엄마는 매캐한 연기가 되었든 번개탄의 냄새가 되었든 아랑곳하지 않았다. 부엌 아궁이를 떠나지 않고 그 일을 해내셨다. 연기가 눈으로 들어가면 눈물을 쏟아내고 코로 들어가면 기침을 콜록이면서 자식과 가족을 위해서 온 몸을 던져 넣으셨다.

살아오면서 숱한 고통과 어려운 일을 겪으셨을 것이다. 생활을 이어가기 위해 고민도 많았을 것이다. 내가 어른이 되고 자식을 낳게 되고 나이를 점점 더 먹다 보니 이제 짐작이 된다. 하지만 그 어려운 시기를 겪는 동안 엄마가 혼자서 한숨을 쉰다거나 불평 섞인 넋두리를 하는 것을 나는 단 한 번도 보지 못했다. 그저 묵묵히 해야 할 일만 하셨다.

엄마는 그러한 번민을 어떻게 견뎌냈을까? 아무도 몰래 혼자서 눈물을 흘렸을까? 캄캄한 밤중에 몰래 부뚜막에 앉아 기도하며 속을 삭이셨을까? 그것도 아니면 나무토막과 같이 감정 없는 심장을 지니셨을까?

어렸을 땐 그런 엄마의 속도 모르고 엄마의 가슴을 아프게 한 적이 많았다. 초등학교 4학년이나 5학년 무렵이었다. 당시에는 운동화의 밑창이 얇고 딱딱했다. 오래 신고 다니면 발뒤꿈치가 아팠다. 그런데 새로 나온 신발 중에 밑창이 좀 두껍고 푹신한 게 있었다. 우리는 그걸 스펀지 운동화라고 했는데 그 신발을 신은 친구를 보면 부러웠다.

신고 다니던 운동화가 떨어져 새 신발을 사야 하던 날 엄마에게 스펀지 운동화를 사달라고 했다. 엄마는 그 신발 살 돈이 없다며 밑창이 딱딱한 신발을 사주셨는데, 나는 신발을 팽개치고 집을 뛰쳐나가 버렸다. 그 뒤 엄마가 어떤 표정을 지으셨는지, 어떤 감정을 느끼셨는지 나는 알지 못한다. 나도 엄마도 더 이상 그 일로 얘기하지 않았고 다시 평소의 일상으로 생활했을 뿐이었다.

당시에 나는 너무 철이 없었다. 나의 말이 얼마나 상대의 가슴을 후벼 팔 수 있는지 생각하지 못했다. 말을 가려서 해야 한다는 것도 알지 못했다. 내 기분대로 내 편한 대로 내 욕심대로 말하고 행동하는 철부지였다.

엄마는 그 일로 나를 꾸짖거나 야단치지도 않았다. 집에 돌아온 나를 보통 때처럼 말없이 대하셨다. 나로 인해서 마음 상한 표정을 전혀 나타내지 않으셨다. 내가 너무 무관심했는지, 내가 상대의 감정을 읽을 수 있는 정도의 마음을 가지지 못했는지는 모르겠지만 어쨌든 엄마의 표정에서 화가 났다거나 상심하고 있다는 느낌은 받지 못했다. 내가 어른이 되어서야 자신의 감정을 조절한다는 게 얼마나 어려운 것인가를 알게 되었다.

나이가 들어 가끔 그때를 회상하면 내 모습이 너무 부끄럽고 죄스럽다. 엄마의 가슴은 얼마나 애가 탔을까? 엄마의 가슴속에는 얼마나 많은 재가 쌓였을까?

생활의 근거지인 대구를 벗어나 처음으로 서울 땅을 밟아 보신 것은 내가 결혼하여 서울에 전셋집을 얻어 이사하던 날이었다. 34년 전, 그 날은 엄마가 기분이 좋으셨다. 아들이 서울로 진출하여 살림을 꾸렸다는 것만으로도 가슴이 뿌듯하셨던 것 같았다. 아내와 함께 기차를 타고 서울로 올라오는 동안 줄곧 기분이 좋으셨다.

형과 누나도 결혼해서 살림을 차렸지만 둘 다 대구 주변에 살았다. 아버지는 가끔 '사람은 태어나서 서울로 가고 말은 태어나서 제주도로 가야 한다'는 말씀을 하셨다. 엄마도 그 얘기를 들으셨겠지. 둘째 아들이 서울에서 직장을 다닌다는 사실에 그동안 고생한 것에 대한 보람을 느끼셨던 것 같았다.

또 한 번 서울로 오신 것은 결혼한 지 6년이 지났을 무렵, 내가 새로 분양한 아파트로 이사했을 때였다. 대출을 끼고 샀는데 부모님에게 한 푼도 손 벌린 것 없이 새 아파트로 들어간 것이 대견했는지 또 한 번 오셨다. 그때는 아버지와 함께 오셨는데 표정이 너무나 밝아 보였다. 엄마가 기분이 좋으면 나도 덩달아 기분이 좋다. 엄마의 기분이 가라앉아 있으면 나는 생각이 많아진다. 왜 저러실까, 내가 뭘 잘못한 걸까, 집안에 뭐 안 좋은 일이 생긴 걸까 하는 온갖 생각이 든다.

엄마는 말을 많이 하는 편이 아니다. 동네 아줌마들과 수다 떠는 것도 즐기지 않는다. 어울리는 건 좋아하는데 말을 하는 것보다는 주로 듣는 걸 좋아한다. 가끔 한마디씩 맞장구를 치는데 이 말이 사람을 잘 웃게 한다. 엉뚱한 말을 하는 것 같기도 하고, 때로는 이상하게 잘 쓰지 않는 단어를 사용해서 사람을 웃게 한다. 아마 시골에 살 때 쓰던 사투리가 변형된 건지도 모른다. 아무튼, 말을 많이 하지는 않지만, 가끔 이렇게 웃기는 말을 해서 같이 있는 사람들과 잘 어울린다.

자식들에게 훈계하는 건 전혀 없었다. '공부해라, 숙제해라' 심지어 학교 마치고 늦게 와도 '왜 늦게 왔나?' 하는 말도 하지 않는다. 그저 지켜본다. '네 할 일은 네가 알아서 해라' 하는 식이다. 때로는 이게 더 무섭다. 내가 잘못한 것 같은데 아무 말이 없으니 스스로 죄책감에 시달리게 한다. 나에게만 그런 게 아니고 다른 형제에게도 마찬가지다. 그래서 집안에서 시끄러울 일이 전혀 없었다. 때로는 집안에 사람이 있어도 없는 것처럼 조용할 때도 많았다. 이런 엄마의 교육방식이랄까 생활방식이 적어도 나에게는 훨씬 더 좋은 효과를 준 것 같았다. 스스로 엄마에게 나쁜 모습을 보이지 않으려고 조심했었고, 특히 형제가 많은 집에서 자주 있는 다툼이나 싸움 같은 걸 해본 적이 없었다.

간혹 시골에 계시던 큰외삼촌이 놀러 오셨는데 이런 말씀을 하셨다. "이 집은 어떻게 이리 조용하나? 애들이 많으면 시끌벅적해야 하는데 사람이 있는지 없는지 모르겠다." 큰외삼촌은 말하는 걸 즐기고 또 재미있게 말을 한다. 남매간이지만 엄마하고는 성격이 조금 다르다. 큰외삼촌은 그렇게 얘기하면서 다른 집과 달리

애들이 많아도 시끄럽지 않고 조용하게 지내는 집안 분위기를 부러워하는 듯했다. 그 날, 아파트로 이사하고 방문하신 날, 엄마는 베란다를 마주 보고 서서 말씀하셨다.

"야 좋다. 서울 시내가 다 내려다보이네. 아들(애들) 클 때까지 오래 살아도 되겠다."

엄마가 만족해하시니 나는 정말 기분이 좋았다. 재작년 추석날 밤에 형님과 조카가족이 집으로 돌아간 후 엄마와 나는 거실에 앉아 과일을 깎아 먹고 있었다. 그 자리에서 엄마는 얘기하셨다.

"올해는 일산에 가서 중섭이 집에 한 번 다녀와야겠다. 올해 안 가면 언제 가보겠노?"

엄마 연세 여든 둘, 팔다리는 자주 아프고 허리도 자주 결리고 근력은 떨어져 오래 앉아 있기도 힘든데, 더 늦기 전에 막내아들 집에 다녀오고 싶어 하셨다. 그동안 중섭이는 일산 부근에서 전세를 살다가 그해 아파트를 사서 이사를 했다. 막내가 집을 사서 이사를 했는데 엄마 마음에는 아들이 잘살고 있는지, 어떻게 살고 있는지 살펴보고 싶으신 거였다.

서울로 돌아온 후 형님과 상의했다. 엄마를 어떻게 일산까지 모실 건가? 대구에서 서울까지 KTX를 타더라도 1시간 45분, 서울역에서 일산까지 지하철을 타면 1시간 반, 집까지 가려면 중간에 기다리는 시간과 대구 집에서 역까지 나오는 시간을 합해서 4시간 반에서 5시간 정도 걸릴 터였다. 엄마는 허리와 다리가 아파서 길게 잡아도 두 시간 정도 앉아 있으면 좀 누웠다가 일어나야 몸이 좀 풀린다. 그런데 다섯 시간을 계속 앉아서 이동하는 건 무리다. 그래서 생각한 게 형님이 함께 서울까지 모시고 오고 서울역에서 승용차에 태운 후 뒷좌석에서 좀 누울 수 있도록 하자고 했다.

일산까지 가는 동안 뒷좌석에 계속 누워 있을 수는 없다. 차가 달리다가 급정거를 하면 앞쪽으로 굴러떨어질 수 있다. 운전석 옆 좌석을 뒤로 눕혀서 누울 수도 있지만, 자세가 불편하고 실제로 누워서 한참 있어 보면 허리에 하중이 몰려 허리가 아프다. 그렇지 않아도 허리와 어깨, 다리 관절이 불편한데 이건 좀 곤란하다. 결국, 오래 누워 있으려면 뒷좌석에 누군가 한 사람이 같이 타고 부축을 해야 한다. 다른 방법으로는 서울역 주차장에서 한 시간 정도 머물면서 누워서 휴식을 취한 후 출발하는 것이다.

엄마가 하고 싶은 건 다 할 수 있도록 해주고 싶었다. 보고 싶은 게 있다면 다 볼 수 있도록 해주고 싶었다. 막내아들 집에 가보고 싶다는데 더더욱 안 된다고 할 이유가 없었다. 팔십이 넘도록 자식 걱정만 하셨는데 못 해줄 게 뭐가 있겠는가. 만에 하나라도 자식들 집을 이곳저곳 다니시다가 인생의 끝을 맞이한다 하더라도 크게 나쁠 건 없지 않을까.

머무를 곳이 없어서 쫓겨 다니다가 인생의 마지막을 맞이한다면 그건 안 될 말이다. 그렇지만 가고 싶고, 보고 싶어서 자식들 집에 가서 그곳에서 삶의 끝을 본다면 그건 좋은 일이 아닐까. 오히려 여생을 행복하게 살았다고 할 수 있지 않을까. 가장 중요한 전제는 엄마가 하고 싶어서 해야 한다는 것이다. 사실 엄마 앞에서

엄마의 삶에 스며들다

는 '인생의 끝'이라든지 '마지막'이라는 단어는 절대 사용하지 못한다. 좋은 뜻으로 한다 하더라도 듣는 엄마의 입장에서는 '애들이 날 다 산 노인으로 생각하나?' 하는 느낌을 줄 수 있으므로 절대 사용할 수 없다. 단지 엄마 하고 싶은 대로 마음대로 하시라고 얘기할 뿐이다.

날짜는 대략 11월 중순에서 말 사이로 정했다. 막내의 아들이 그해 수능시험을 치르는데 날짜가 11월 초순이라고 했다. 수능준비 하느라 집에서 마음 졸이고 잠도 제대로 못 자는 상태인데 불편을 끼칠 수는 없다. 아들이든 손자이든 다 잘돼야 하는데 손자가 수능 공부 하느라 양 볼이 바싹 말라 있는데 번잡스럽게 해서는 안 된다는 게 엄마의 말씀이었다. 시험이 끝나고 며느리(제수씨)도 마음이 좀 한가해질 때 가기로 했다.

얘기가 대충 끝났을 무렵 엄마는 감기 기운이 좀 있었다. 기침이 자주 나오고 목에 가래가 생겼다. 다행히 콧물은 없었다. 이전에도 가끔 이런 증상이 있어서 약을 먹었는데 그때는 잘 나았다. 이번에도 약한 감기라 생각하고 병원에서 약을 지어 드셨다. 그런데 약을 한 달 넘게 먹었는데도 차도가 별로 없었다. 조금 나아지는 것 같더니 또 같은 증세로 돌아오기를 반복 반복했다.

날씨는 점차 추워지는데 이런 상태로 장거리 여행을 한다는 건 무리였다. 팔십 넘은 어른이 장거리 이동을 하는 것만도 몸이 피곤해질 텐데 기침과 가래가 떨어지지 않은 상태로 대구에서 일산까지 가는 게 아무래도 힘들 것 같았다. 하루 이틀 날짜를 미루다

보니 어느덧 겨울이 되어 버렸고 결국 엄마의 여행계획은 흐지부지되어 버렸다. 죽기 전에 막내가 새로 이사한 아파트를 가보고 손자들이 자라는 모습을 보고 싶다던 엄마의 꿈을 아직도 이루어드리지 못했다. 언젠가 다시 엄마를 모시고 막내의 집에 갈 수 있을는 지 알 수가 없다. 그건 내 의지만으로 될 일이 아니다.

다행스러운 것은 엄마의 정신이 아주 온전하다는 것이다. 엄마 나이에 많이 찾아오는 손님, 정신을 오락가락하게 만들고 주위 사람을 당황하게 하고 가족을 힘들게 만드는 그 손님이 아직 찾아오지 않았다. 듣는 귀도 밝다. 비록 육체가 노화되어 이곳저곳 아픈 곳이 생기고 불편하지만, 정신이 맑다는 게 얼마나 좋은 일인가. 육체가 중요하냐 정신이 중요하냐 하는 질문은 부질없는 것이지만, 노인에게 젊은이의 육체를 기대할 수는 없는 일이 아닌가. 그럴 바에는 정신이 온전한 게 훨씬 좋은 일인 것 같다.

엄마의 정신은 엄마의 습관에서 나오는 것 같다. 하루를 그냥게으름피우듯이 빈둥빈둥 지내지 않는다. 화초도 키우고 채소도 가꾸고 마당 자투리에 동백나무도 돌본다. 이렇게 몸을 움직이는 습관과 식물을 가까이하는 생활이 정신을 맑게 유지하는데 많은 도움이 된 것 같다. 정신이 아직 온전하니까 몸이 좀 추슬러지면 막내의 집에 모시고 갈 날은 또 올 것이다.

폐암과 폐결핵

　　칠순을 넘긴 이후부터 엄마는 감기에 잘 걸렸다. 이른 봄 꽃샘바람이 불어올 때, 가을이 다가와 찬바람이 불어올 때, 겨울에 추위가 엄습해 올 때, 이럴 때는 여지없이 감기에 걸렸다. 여름철에도 날씨가 우중충하거나 비라도 쏟아지는 날이면 목소리가 갈라지고 기침이 나왔다.

　엄마와 한집에 살지 않고 서울에 사는 나로서는 틈날 때마다 전화로 안부를 전하는 게 전부 였다. 내 마음이 외로울 때, 뭔가 일이 안 풀려 속이 답답할 때, 날씨가 추워지거나 비바람이 많이 불 때도 전화를 한다. 엄마의 목소리를 들으면 어쩐지 마음이 편안해진다.

　엄마의 첫 목소리를 들으면 금방 알 수 있다. 가래가 끓는 소리인지 목소리가 갈라지는지 기침을 달고 있는지 알 수가 있다. 때로는 '쇠'하는 바람 소리가 섞여 나오기도 하고 가래가 떨어지지 않아 물 끓는 소리처럼 들리기도 한다. 자주 들으면 바람 소리와 물 끓는 소리의 높고 낮음과 길게 이어지는 여운으로 감기의 정도가 짐작되기도 한다. 기침도 없고, 가래도 없는 청명한 말소리가 나오면 기분이 참 좋다.

그렇지 않으면 마음이 짠해진다. 또 고생하시는구나 하는 생각과 함께 병원에 다녀오셨는지 약은 제때 챙겨 드시는지 걱정이 앞선다. 팔과 다리가 저리고 아픈 게 오래되었고, 오래 걷기도 힘든데 더구나 혼자 사신다. 옆에 누구라도 있으면 같이 다녀줄 수 있을 텐데. 멀리 가거나 큰 병원에 갈 때는 형님을 부르지만, 동네 병원에 갈 때는 혼자 가신다. 비가 오거나 궂은 날씨이면 몸이 찌뿌드드해지고 움직이기가 귀찮아지니까 그냥 참고 있을 때가 많다.

일산에 있는 막내의 집에 가기로 예정을 잡은 시점에 엄마에게 또 감기 기운이 찾아 왔다. 장거리 여행을 하려면 몸 상태가 개운해야 하니, 얼른 병원에 다녀오셨다. 약을 한 달 넘게 먹었는데도 별로 나아지는 기미가 없었다. 증세가 더 심해지는 것도 아니고, 심한 감기 같지는 않은데 계속 낫지 않았다.

그동안 동네 병원에서 진료를 받아 왔는데도 낫지 않자 큰 병원으로 가서 정밀진단을 받아 보기로 했다. 집에서 가까운 대구가톨릭 병원으로 갔다. 첫날 가서 폐 사진을 찍고 의사의 진찰을 받았다. 며칠 뒤 폐 사진에 대한 결과를 들으러 갔을 때 입원을 해서 정밀검사를 해야 한다는 의사의 말을 들었다. 그다음 주 월요일로 입원 일자를 잡고 집으로 왔다. 병원에 모시고 가고 진찰에 동행하고 집으로 모시고 오는 모든 과정은 형님의 몫이었다. 서울에 있는 나는 전화로 확인하고 엄마와 대화를 하는 것이 전부였다.

엄마는 담담했다. 동네 병원에 갈 때처럼 가벼운 마음이었다. 평소와 다름없이 식사도 하고 집안일도 하고 오후에는 동네 경로당에도 다녔다. 그런데 입원 전날인 일요일에는 통화하는 목소리가 조금 달랐다. 조금 긴장하는 것 같기도 하고 입원에 대해 좀 두려워하는 것 같기도 했다. 일부러 내색하지 않으려 하는 것 같았지만, 어쩐지 목소리가 불안정하게 느껴졌다.

"며칠간 없을 텐데 청소도 하고 정리도 좀 해 놔야지."

"누구 올 사람도 없고 힘드신데 나중에 천천히 하시죠."

"가만히 있으면 뭐 하노. 아직 이 정도 움직이는 건 괜찮다."

아무래도 방안에 앉아 있으면 머리도 뒤숭숭하고 이것저것 잡념도 떠오르고 하니까 몸을 자꾸 움직이시는 것 같았다. 말로는 괜찮다고 하지만 마음속에 스며드는 불안과 두려움은 어쩔 수 없는 것이리라.

입원 후 정밀검사에는 꼬박 이틀이 걸렸다. 3일째 되는 날 형님에게서 전화가 왔다. 의사의 말이 "폐에 흰 부분이 보이는데 좀 이상하다. 수술해서 잘라내는 게 좋겠다."는 것이었다. 검사 소견을 보는 자리에는 엄마는 들어가지 않고 형님 혼자 들어갔다. 단순한 감기몸살은 아닐 거라고 예상은 했지만 '수술하자'는 의사의 말은 형님 온몸의 신경과 근육을 쭈뼛 서게 하였다. 마치 초겨울 서리가 내려 갈라진 땅 사이에 바늘 같은 얼음 침이 솟아오르듯이 온 몸에 날카로운 침들이 솟아나는 것 같았다. 형님은 결정하지 못하고 상의하기 위해 나에게 전화를 했다.

오래전 아버지가 오십 대 초반이었을 때도 형님에게 이런 전화를 받았다. 그때 아버지는 경북대학교 병원에서 위암 판정을 받았다. 그 당시에는 암 판정을 받는 것은 곧 죽는 것이라는 생각이 만연할 정도로 암이 무서운 질병이었다. 그래서 의사는 환자가 없는 자리에서 환자의 가족들에게만 병을 알렸다. 아버지가 위암을 통고받는 자리에는 엄마와 형님이 있었다. 그때 나는 서울에서 회사에 입사한지 2년이 조금 지났을 때였다.

그날 형님은 아버지의 위암 수술 여부를 결정하기 위해 전화를 했다. 엄마와 형님은 결정을 내리지 못하고 있었다. 벌써 32년 전인데 그 당시에는 암 수술 시 잘못되면 암이 온몸으로 퍼져 더 빨리 죽을 수도 있다고 알려졌었다. 그렇지만 우리는 수술을 하기로 결정을 내렸다. 아직 젊은 나이인데 고생만 하다가 너무 일찍 세상과 이별하게 할 수는 없다는 것이었다. 아버지에게는 위암이라는 사실을 알리지 않은 채……

결정은 내렸지만, 마음은 조마조마했다. 풍문으로만 들은 얘기였지만 수술하다가 암을 잘못 건드려 다른 곳으로 번졌다는 둥 수술하지 않고 그냥 치료하는 것이 낫다는 둥 왜 그런지 그런 얘기에 마음이 많이 흔들렸었다.

어떤 사람은 칼을 대지 않았더라면더 오래 살았을 텐데 괜히 건

드려서 일찍 죽게 하였다고 울분을 토하는 것도 들었다. 그렇지만 형님과 나는 우리의 결정이 옳다는 걸 믿기로 했다. 다행히 아버지의 수술은 성공적으로 끝났다. 암 덩어리가 생각했던 것만큼 크지 않았고 다른 곳으로 전이된 것도 없었다. 그래도 안전을 위해 위장의 3분의 2를 잘라 냈다. 의사의 말로는 암이 다른 장기로 번지지 않았으니 앞으로 치료와 약 복용만 잘하면 크게 염려하지 않아도 될 거라고 했다. 단 위장의 대부분을 잘라 냈으니 꼭 소식해야 한다는 말과 함께……

그로부터 30여 년이 지나서 다시 형님은 나에게 결정을 내리자고 했다. 엄마 연세가 팔십 둘인데 어떻게 해야 할까? 수술하면 아프지 않을까? 수술하더라도 체력이 견뎌줄 수 있을까? 그에 앞서 엄마에게는 뭐라고 설명해야 하나? 온갖 물음이 머리와 가슴속에서 쏟아져 나왔다.

가장 중요한 것은 엄마가 고통을 받지 않고 죽는 날까지 편안히 사시는 것이다. 할머니가 그랬던 것처럼 오래 사시다가 어느 날 밤에 조용히 잠을 자면서 하늘나라로 가시는 것이다. 엄마는 가슴이 아프지는 않으셨다. 가래가 많고 기침이 멈추지 않아서 불편하다고만 하셨다. 기침이 계속될 때는 목은 물론이고, 어깨와 팔도 아프다고 하셨다. 평소에도 팔과 어깨에 통증이 있었는데 기침 때문에 그 부분까지 근육이 영향을 받는 것 같았다.

가슴이 너무 아파 못 견디겠다든지 참기가 어렵다든지 했더라면 우리는 결정을 달리했을지도 모른다. 그렇지만 그렇게 고통을 느끼지는 않는데 수술을 해야 할까? 여든둘의 나이에 수술의 고통, 수술 후에 다가오는 마음의 고통 까지 견딜 수 있을까? 이런 생각 끝에 형님과 나는 이번에는 아버지 때와는 달리 수술을 하지 않기로 결정을 내렸다. 엄마에게는 기침과 가래약을 먹으면 나을 거라고 했다.

막내에게 이 사실을 알려주기 위해 전화를 했다. 일단 안부 인사를 하고 엄마의 상태를 얘기하려고 '엄마'라는 단어를 내뱉는 순간 갑자기 목이 메어 버렸다. 눈에는 물이 고여 버렸고 목구멍은 울대가 갑자기 커져서 목소리를 막아 버렸다. 순간적으로 엄마가 얼마나 더 살 수 있을까 하는 생각이 들었다. 잠시 전화기를 붙잡은 채 가만히 있었다. '엄마'라는 단어가 주는 흡입력은 정말 대단했다. 잠깐이지만 내 육체의 기능과 이성을 마비시켜 버렸다.

.　　　■

보통 막내는 부모의 사랑을 독차지하며 자란다고 얘기하는데 우리 집 막내는 그런 것 같지 않았다. 엄마가 막내에게 특별히 더 애정을 주는 것을 느끼지 못했다. 그렇지만 엄마의 가슴속에는 막내에 대해 더 애틋한 감정이 있었을 것이다. 나와 막내는 나이 차이가 큰데, 그 사이에 엄마는 생사의 고통을 겪은 적이 있었다. 그런 고통을 겪은 후에 막내를 얻었기에 아마 엄마의 가슴속에는 막내를 대하는 애틋한 감정이 있을 것이다. 두 사람 몫의 애정을 쏟고 두 사람을 보듬는 심정으로 막내를 키웠을 것이다. 막내는 엄마와 더 오래 살았다. 직장을 가지고 두 아들을 낳고 또 그 두 아들이 유아기를 벗어 날 때까지 엄마와 함께 살았다. 엄마는 손자를 데리고 살며 업고 안고 씻기며 키웠다. 그러니 나보다 교감을 나눌 기회가 더 많았다. 나는 막내에게 진단 결과를 전하며 엄마에게 연락하라고 얘기하고 전화를 끊었다.

아내는 마음이 여린 편이다. 때로는 좀 쌀쌀맞고 인정미가 없어 보이지만 실상은 마음이 여리다. 그날 밤 엄마의 상태를 듣고는 이틀 뒤 대구에 다녀오겠다고 했다. 폐에 희게 보이는 부분이 있는데 의사가 수술하자고 했으니 마음속으로 폐암을 떠올렸을 것이다. 혹시라도 오래 못 사실지도 모르니 한 번이라도 식사 대접을 하고 싶었나 보다.

이틀 뒤 아내는 기차를 타고 대구로 갔다. 이미 엄마 집에 도착할 시간이 한참 지났을 무렵 아내에게 전화가 왔다. 골목을 헤매고 있는데 집을 못 찾겠다는 것이다. 목소리는 거의 울상이었다. 집 근처의 시장에서 내려 몸이 허약할 때 먹기도 좋고 칼슘까지 많다는 추어탕을 샀다고 했다. 특히 이가 좋지 않은 엄마가 먹기 쉬울 것 같았단다. 한 손에는 가방을 또 다른 한 손에는 추어탕을 들고 골목길을 올라가는데 몇 바퀴를 돌아도 집을 못 찾겠다는 것이다. 설상가상으로 소변까지 마려운데 어떡해야 하느냐고 미칠 지경이란다.

나는 죄송스럽지만, 엄마를 호출했다. 엄마는 경로당에 계셨다.

"엄마, 집사람이 엄마 집을 못 찾고 헤매고 있나 본 데 대문에서 시장가는 쪽으로 좀 내려가 보세요. 급한가 봐요."

명절 때마다 엄마 집에 갔지만, 그때마다 차를 타고 집 앞에 내렸지 대로에서 골목길을 걸어서 올라간 적이 없었던 아내는 길을 찾을 수 없었다. 설명은 들었어도 골목길은 이 길이나 저 길이나 비슷해 보여서 분간할 수 없었다. 아내는 집 밖에서는 화장실을 잘 가지 않는다. 어지간하면 참고 있다가 집에 와서 볼일을 본다. 그날도 서울에서 내려올 동안 참고 있었는데 집을 못 찾고 헤맸으니 하늘이 노래진 것이었다. 다행히 엄마는 둘째 며느리가 길을 헤매고 있다는 말에 한걸음에 달려가서 만났다. 아무리 몸이 불편해도 자식이 어려움에 처해 있다는데 가만있을 리 없다. 아내 역시 엄마에게 추어탕 한 그릇이라도 대접하고 나니 마음이 좀 풀린 것 같았다.

아내는 엄마의 마음에 들려고 애교를 많이 부리거나 말을 다정다감하게 하는 편도 아니다. 시시때때로 엄마가 어떻게 사시는지, 건강은 괜찮은지, 식사는 제때 하시는지 연락을 하는 편도 아니다. 그렇지만 엄마를 멀리하려고 하지도 않는다. 엄마를 부담스럽게 생각하거나 구속받는다고 생각하지도 않는다. 집안 어른으로 공경하지만, 말로 표현하진 않는다. 엄마라는 삶과 인생 자체, 그리고 엄마가 가지는 위치에 대해 많은 공감을 가지고 있는 듯하다.

아내는 차가운 피를 가지고 있다. 마음에 맞지 않는 소리, 틀린 말이라고 생각되면 그 자리에서 꼬집는다. 물건을 살 때나 음식점에 식사하러 가서도 궁금한 건 꼬치꼬치 캐묻는다. 상대방이 불편해하건 귀찮아하건 상관치 않는다. 아니다 싶은 건 그냥 참고 넘어가지 않는다. 나는 상대와 마찰을 피하고 싶어 적당히 넘어가는 것도 아내는 그냥 넘어가지 않는다. 한마디로 말하자면 두루뭉술하게 지나치지 못한다. 살다 보면 두루뭉술하게 적당히 넘어가 주는 게 매우 편할 때도 많다. 그렇다고 그게 내게 특별히 해를 끼치거나 손해를 입히는 건 아니다. 단지 맞지 않는 말이거나 틀린 것을 맞다고 우기는 것이다. 또한, 내 감정에 어긋나는 말인 경우도 많다. 이때 잠시 못들은 척하고 넘어가면 그만이다. 그렇지만 아내는 이런 걸 그냥 넘어가지 않는다. 좀 까칠한 성격이다.

차가운 피를 가졌지만 뜨거워질 때는 엄청나게 빨리 뜨거워진다. 감정을 공유하는 속도와 몰입하는 속도가 엄청나게 빠르다. 매우 열정적이고 진지하다. 그 날, 수술하지 않고 퇴원하던 날, 의사의 소견을 전해주던 날, 아내의 피는 뜨겁게 달아올랐다. 엄마가 오래 살지 못하는 건 아닐까? 혹시 몇 달이 아닐까? 폐암은 아주 아프다던데 지금부터 서서히 고통이 시작되는 건 아닐까? 이런 생각들이 아내의 머리를 지배했다. 그리고 엄마를 빨리 보고 와야겠다는 생각을 하게 만들었다.

그날 밤 나는 자리에 누워 엄마와 함께했던 지난날들을 끊임없이 회상했다. 고향 집 마당에서 엄마는 길쌈을 했다. 밭에서 삼나무를 길렀다. 요즘은 이것으로 대마초를 만들어 환각제로 쓴다고 해서 재배가 금지되어 있지만, 예전에는 삼베를 얻기 위해 대마를 많이 길렀다. 삼나무는 어른 키보다 더 높이 자란다. 삼나무밭에는 삼나무가 빼곡하게 자란다. 줄 사이의 간격은 한 뼘 정도 벌어지고 삼나무 잎이 하늘을 다 가려버린다. 어릴 때 삼나무밭에 들어가서 놀기도 했는데 골 사이로 들어가 버리면 밖에서는 보이지도 않는다. 줄기와 잎에서 나는 냄새는 마음을 아늑하게 해줘서 참 좋았다. 다 큰 삼나무를 잘라서 껍질을 벗기고 삶아서 잘게 쪼갠다. 잘게 쪼개어진 한 가닥을 또 다른 가닥과 잇는다. 끝 부분을 무릎 위 허벅지 쪽에 올리고 손바닥으로 굴리면서 쓱 문지른다. 여름밤에는 여름이 다 갈 때까지 몇 날 며칠을 이렇게 했다. 허벅지의 어린 살은 터져서 피가 맺혔다가 아물면 또다시 터지고 이게 반복되면 허벅지에는 붉은 실핏줄이 그물처럼 보였다.

이 모든 일은 엄마와 여자들이 했다. 마당 한쪽 옆에는 삼 잎을 태워 연기를 낸다. 젖은 삼 잎과 줄기에 불을 붙이고 그 위에 젖은 겨 껍질을 올린다. 그러면 불꽃은 타오르지 않고 연기만 잔뜩 솟아 나온다. 모기는 이 연기를 싫어한다. 모기를 쫓기 위해 이렇게 불을 지펴놓고 일을 한다. 삼베 실이 다 이어지면 베틀에 올려 삼베를 짠다. 방안 한쪽 면에는 베틀이 놓여 있었다. 엄마는 베틀에 앉아 베를 짜고 있다. 용두머리에서 이어진 신줄을 발로 당기면 베틀에 걸린 위사 가닥들이 벌어지고 그 사이로 북을 밀어 넣는다. 신줄을 늦추면 벌어졌던 위사 가닥들이 모여지고 손으로 바디를 내려친다. 이렇게 발과 손, 북이 한 번씩 움직여야 한 올의 실이 천으로 만들어진다. 얼마나 많은 손과 발의 움직임이 있어야 한 필의 삼베가 만들어질까? 어느 세월에 저 베를 다 짤까? 모든 건 시간이 해결해 준다. 한 올 한 올 쌓이면 어느새 기다란 삼베 천이 되어 있다. 베틀에 실이 걸려 있을 때면 엄마는 낮이고 밤이고 베틀에 앉아 있었다.

초등학교에 가려면 나지막한 재를 넘어야 한다. 그 재를 넘는 중간에 우리 밭이 있었다. 기다랗다 못해 등이 굽은 밭이었다. 엄마를 생각하면 꼭 그 밭이 생각난다. 우리 밭은 그곳 말고도 여러 곳이 있었고 논도 여러 곳 있었는데……. 언덕 위에 올라서면 저 멀리 흰 점이 보인다. 조금 더 다가가면 새의 날개처럼 보이고, 좀 더 다가가면 허수아비의 머리끝처럼 보인다. 가까이 가면 수건을 덮어쓴 엄마의 모습이 보인다. 엄마는 등을 구부리고 고추를 따고 있다. 그 옆의 밭에서는 담뱃잎이 너울너울 춤추고 있다. 담뱃잎은 길쭉하고 잎이 넓다. 바람이 불면 그 넓은 잎이 바람에 날리는 게 꼭 무당이 춤출 때 소맷자락이 흔들리는 것과 같은 리듬을 탄다. 우리 밭 옆으로는 담뱃잎을 많이 키웠는데 우리 집에서는 한 번도 담배농사를 한 적이 없다. 고추를 따고 들깻잎을 따는 엄마의 머리와 등만 보였다.

내가 아홉 살 때 처음으로 대구에 와서 부엌 딸린 방 한 칸을 얻었다. 엄마, 아버지, 형과 나 넷이서 한 방에 살았다. 새벽이면 엄마는 연탄불 앞에서 쪼그리고 앉아 불 피우느라 매운 연기에 콧물을 흘렸다. 시골에 살면서 연탄 구경도 못했는데 도시에 와서 처음 본 연탄은 나무토막에 불을 붙이는 것과는 비교도 되지 않을 정도로 사람을 괴롭혔다. 매캐한 연기만 계속 나고 불은 잘 붙지 않고……. 학교가 멀어서 아침 일찍 밥 먹고 출발해야 하는데. 된장찌개를 끓이고 있는 엄마의 뒷모습이 어른거린다. 아버지가 출근하고 형과 나는 학교에 가면 홀로 남은 엄마는 하루 종일 무엇을 하며 시간을 보냈을까? 시골의 그 드넓은 대지에서 살다가 갑자기 좁은 방 한 칸에 갇혀서 긴 하루를 어떻게 지냈을까? 그래도 엄마는 환경에 적응을 잘한다. 환경이 바뀌어서 불편하다거나 힘들다거나 또는 너무 싫어서 이전 상태로 돌아가고 싶다는 말을 하지 않는다. 그저 주어진 환경과 바뀐 여건에서 묵묵히 열심히 일할 뿐이다.

엄마의 눈에 물방울이 맺히는 것도 생각난다. 내가 군대에 가던 날 엄마는 목과 입 그리고 코에도 물기가 가득 맺힌 채 손을 흔들었다.

"야야('애야'를 항상 이렇게 부른다), 몸 조심하그래이."

나는 돌아보지 못했다. 남자는 씩씩하게 보여야 한다. 의젓하게 보여야 한다. 남자는 눈물을 보여서는 안 된다는 고리타분한 생각에 젖어서……. 그때로 돌아간다면 엄마 가슴에 파묻혀 마음껏 울고 싶다.

"야야, 남들 다 가는 건데 몸만 건강하게 갔다 온네이."

뒤에서 엄마의 목소리만 메아리친다.

집을 나설 때 손에 쥐여준 봉지는 내 손에 꼭 쥐어져 있었다. 배고플 때 먹으라고 삶아준 계란 세 개, 차 안에서 그걸 먹으면서 한 번 더 엄마를 떠올린다.

■

　엄마는 약을 빠짐없이 드셨다. 하루에 세 번씩 석 달 간을 한 번도 빼먹지 않고 드셨다. 가래도 많이 없어지고 목소리도 갈라지지 않았다. 기침도 거의 없어졌다. 더 아픈 곳도 생기지 않았다. 폐암이라면 점차 고통이 심해질 거라고 예상했었는데 그런 낌새는 없었다. 엄마 스스로가 느끼는 몸의 상태도 괜찮은 것 같고 기분도 많이 좋아지셨다. 단지 기침과 가래가 완전히 없어지진 않고 조금 더했다 조금 나아졌다 했다.

　석 달이 지나서 다시 병원에 정밀검사를 하러 갔다. 가래 검사, 가슴 엑스레이, 피검사, MRI 검사 등 필요한 검사는 다 했다. 검사 자체가 엄마를 너무 피곤하게 해서 엄마는 검사를 싫어했지만, 이번 기회에 확실하게 원인은 알아보고 싶었다. 결과는 며칠이 걸렸다.

　의사로부터 결과를 듣는 자리에는 형님 혼자 들어갔다. 혹시나 결과를 듣고 엄마가 낙담하실까 봐…….

　"폐결핵입니다."

　이걸 좋아해야 하나 웃어야 하나? 그렇게 가슴 졸이며 조마조마 지내 왔는데 인제 와서 폐결핵이라니. 폐결핵도 가벼운 병은 아니다. 적어도 6개월간 꾸준히 약을 먹어야 한다. 다행히 약이 좋아져서 요즘은 약만 꾸준히 먹으면 잘 낫는다. 그렇더라도 그동안 폐암인 줄 알고 속태우며 지냈는데, 폐결핵이라니, 이때는 정말 의사가 원망스러웠다. 왜 지난번에는 수술하자고 했나? 수술했더라면 어떻게 될 뻔했나?

불행 중 다행이라는 말이 이런 걸 두고 하는 모양이다. 폐결핵이라는 말에 그동안 긴장되었던 몸과 마음이 편안해졌다. 물론 앞으로 치료를 계속해야 하지만 그런 것쯤은 가벼운 걱정거리에 불과했다.

처녀 공출

청송의 봄은 참 아름답다. 온통 산으로 둘러 싸여있고 마을은 산과 산 사이에 오목하게 자리 잡고 있다. 골짜기마다 옹기종기 모여 있는 마을은 보통 15가구에서 서른 가구 정도의 작은 단위로 흩어져 있어 멀리서 보면 마치 산속에 파묻혀 있는 것 같다. 계곡마다 작은 물줄기가 졸졸 흘러내리고 돌 틈에서는 가재가 고개를 내밀다가 사람 눈치를 채고 쏙 들어가 버린다. 바늘보다 조금 더 큰 피라미 새끼들은 잠시도 쉬지 않고 주위를 맴돈다. 물은 너무 맑아 바닥에 있는 모래알갱이를 하나하나 셀 수 있을 정도다. 내가 어렸을 적에는 이 물을 길어다 그대로 마시기도 하고 밥을 짓기도 했다. 수도의 필요성도 거의 몰랐고 우물도 따로 만들지 않았다. 흐르는 냇가에서 물을 한 바가지 떠서 마시면 그 청량한 물의 맛은 오감을 충분히 만족하게 해 주었다. 지금도 물은 맑고 바닥은 깨끗하다.

　계곡 위로 펼쳐진 산줄기에는 생명의 숨소리가 환상곡을 이룬다. 온갖 나무와 풀이 어우러져 빈틈이 없이 빼곡하고, 줄기와 가지 끝에는 새봄을 알리는 잎사귀들이 서로 지지 않으려고 다투는 듯이 머리를 내민다. 땅에서는 다람쥐와 토끼가 쏜살같이 지나가고 하늘에는 크고 작은 새들이 춤을 추며 날아다닌다. 다소곳이 고개를 내미는 새싹은 앙증맞고 귀엽다. 흙을 뚫고 나오는 일년생 풀잎도 있고 키 큰 나뭇가지에서 움을 트는 잎사귀도 있다. 자세히 들여다보면 새 생명이 꿈틀거리지 않는 곳이 없다. 죽은 듯이 있는 땅속에서도, 나뭇가지 사이사이의 틈새에서도 여지없이 봄은 생명의 물길을 뿜어낸다.

　이때쯤이면 아낙네들은 소쿠리와 자루를 둘러메고 산을 오른다. 산에는 산나물이 지천으로 자라난다. 도라지, 더덕, 머위, 박쥐나물, 비비추, 산마늘, 둥굴레, 달래, 산미나리, 청미래덩굴, 까치수염, 천궁, 곰취, 각시취, 고사리, 고춧대 나물, 단풍취, 모시대, 미나리취, 바위취, 병풍취, 미역취, 참취, 수리취, 방풍나물, 삿갓나물, 원추리, 고비, 엉겅퀴, 우산나물, 물레나물, 돌나물, 달맞이꽃, 두릅, 참나물, 당귀, 잔대, 다래순, 엄나무순, 산초나무, 제피나무, 참죽나무, 화살나무, 박쥐나무, 오갈피나무, 뽕나무, 옻나무 등 수많은 봄나물이 아낙네의 손길을 기다리고 있다. 이렇게 많은 나물을 우리의 엄마들은 어떻게 식용인지 아닌지 알고 있었을까? 참 신기하다. 산을 내려올 때는 등에도 한 짐 지고 머리에도 한 짐을 이고 내려온다. 나는 어렸을 때 해마다 봄이면 엄마가 산나물을 해 와서 마당이며 툇마루에 널어놓는 걸 보았다. 삶아서 무쳐 먹기도 하고 남은 건 말려서 겨우내 먹을거리로 삼았다.

산에는 나물만 손짓하지는 않는다. 노루도 있고 꿩도 있고 뱀도 있다. 꽃뱀, 물뱀도 있고 독사도 있다. 산등성이에 서서 먼 곳을 살피는 노루를 보면 정말 멋지다. 매끄럽게 휘어진 등과 군살 없이 미끈한 다리가 어울려 감탄이 절로 나온다. 노루는 사람을 두려워한다. 절대 가까이 오지 않는다. 멀리서 사람의 움직임을 관찰한다. 사람이 다가오면 어느새 저 멀리 달아나 있다. 사람이 무서운 동물이란 걸 이놈들은 잘 인식하고 있다. 뱀도 많이 만나지만, 시골에서 자연과 어울려 사는 사람은 뱀을 무서워하지 않는다. 사람이 먼저 뱀을 괴롭히지 않으면 뱀도 사람을 괴롭히지 않는다.

사람은 사람대로 뱀은 뱀대로 서로가 자기 길을 가면 아무런 문제가 없다. 뱀은 수영도 잘한다. 고향 집 위쪽 계곡에는 작은 못이 있었다. 아래쪽에 이어져 있는 논에서는 그 못에서 흘러나오는 물로 벼농사를 했다. 나보다 나이가 많은 동네 아이들은 여름에 그 못에서 헤엄도 치고 더위도 식혔다. 어른들은 그 못에서 낚시도 했는데 참붕어를 낚아 올리기도 했다. 나는 헤엄을 칠 줄도 모르고 너무 어려서 못 둑에 앉아 아이들이 헤엄치는 걸 구경하기만 했다. 못은 폭이 50m는 족히 될 듯했고 길이는 백 미터는 넘을 듯했다. 아이들은 못의 얕은 쪽에서 헤엄을 쳤는데 가끔 물뱀이 수면을 가로 지르며 다가오는 게 보였다. 뱀은 물 위를 소리 없이 헤엄

친다. 눈으로 보지 않으면 뱀이 오는지 알 수 없다. 뱀이 오는 흔적은 물 위를 가르는 물의 파장뿐이다. 목은 꼿꼿이 세우고 몸을 구불구불 흔들면서 물 위를 직선으로 헤엄쳐 나간다. 못을 쉬지 않고 가로질러 가는 놈도 있다. 나는 팔다리 네 개를 버둥거려도 헤엄을 못 치는데 뱀은 꼬리와 몸체만 갖고 있으면서도 물 위를 유유히 헤엄쳐 다닌다. 어린 눈에 그것은 멋진 모습으로 보이기도 했고 신기하게 보이기도 했다. 단지 물에서 놀고 있는 사람들에게 다가올까 봐 겁나기도 했다.

■

청송의 봄은 언제나 아름답지만 1942년의 봄은 너무나 잔인했다. 그 봄날 아침 햇빛은 여느 때처럼 따사로웠다. 빛줄기는 축담을 넘어 방안까지 스며들었고 포근한 공기는 밤새 차가워진 공기를 밀어내고 있었다. 외할아버지는 사랑방 모퉁이를 서성거리며 멀리 담 넘어 보이는 밭과 산, 그리고 텅 빈 길을 따라서 눈길을 옮기고 있었다. 외할머니는 부엌을 들여다보다가 이내 안방에 들어갔다. 그리고 금세 마당으로 나와서 한 바퀴 돌더니 다시 부엌으로 들어갔다. 여느 때라면 이미 호미를 들고 밭으로 갔어야 할 시간인데 마음은 떠도는 바람처럼 이리저리 날아다니고 있고 머릿속은 온갖 잡념으로 가득 차 있었다.

엄마는 안방에서 벽을 기대고 앉아 머리를 푹 수그리고 있었다.

엄 마 의 삶 에 스 며 들 다

이윽고 잔인한 시간은 다가왔다. 이미 예고한 대로 면서기와 일본 순사가 마당으로 들어 왔다. 사정할 수도 없고 숨길 수도 없었다. 그 뒤에 벌어질 상황이 어떠하리라는 걸 너무도 잘 알고 있었기 때문이었다. 두 해 전에 뒷마을에 사는 박 씨네는 딸을 숨겼었다. 그러자 아버지가 지서로 끌려갔고 그 다음에 어머니도 끌려갔다. 그들은 무자비하게 때리고 발길질을 했다. 입술은 터져서 피가 말라붙었고 팔과 다리 허벅지는 멍이 들어 시퍼렇게 도배를 했다. 끝내 딸도 숨기지 못하고 끌려갔다.

엄마는 열한 살, 세상의 움직임을 알아차리기에는 너무 어린 나이였다. 자신의 주위에 어떠한 변화가 닥쳐올 것인지 알지 못했다. 외할아버지와 외할머니를 떠나야 한다는 것, 집을 떠나 낯선 곳으로 가야 한다는 것, 낯선 사람을 따라가야 한다는 것에 대한 두려움만 가득했다. 아무튼, 좋지 않은 곳으로 간다는 것, 힘들고 외롭고 고달픈 생활이 될 거라는 것은 어렴풋이 느끼고 있었다. 외할아버지의 얼굴빛과 외할머니의 말과 행동을 통해 알지 못하는 무서운 힘이 자신을 통제하리라는 것을…….

큰이모는 그전 해에 그들을 따라 갔고 대구에 있는 어느 방직공장에서 일하고 있다는 소식만 들었다. 그 뒤로는 잘 있다 못 있다는 소식이 없었다.

당시에 남자들은 보국대로 끌려가서 공장에서 일하거나 군대로 징병되어 일본군의 총알받이가 되었고, 여자들은 '처녀 공출'되어 공장으로 끌려가서 일본군을 위한 강제노동자가 되었다. 엄마는 이것을 '처녀 공출'이라고 말했다. 동네 이장과 면서기는 한통속이 되어 어느 집에 젊은 남자가 있는지 여자 아이가 몇 살이나 되었는지 조사를 했고, 그것도 못미더워 일본 순사는 그들을 대동하고 방문 조사를 했다.

젊은 남자와 여자를 공출해 가는 것은 마지막 단계였다. 그 이전에 일본인들은 집집마다 찾아다니며 농사지어 걷어놓은 쌀, 보리, 콩 등 곡식을 모조리 뺏어갔다. 집에서는 죽만 해서 먹으라고 했다. 밥이 먹고 싶을 때는 아무도 모르게 밤에 숨어서 지어 먹어야 했다. 이걸 그들은 농사 공출이라고 했다. 그 다음에는 놋그릇과 놋수저를 다 뺏어갔다. 그것도 모자라서 부엌에 걸린 솥까지 뺏어가서 전쟁물자로 사용했다. 나중에는 마구간까지 뒤져서 소도 끌고 갔다. 목화도 속에 복슬복슬한 면화를 빼내고 나면 껍질이 남는데 그 껍질도 모아서 공출하라고 했다. 그 껍질은 무엇에 쓸려고 했는지 지금도 알지 못한다. 이렇듯이 집안에 쓸 만한 것들은 닥치는 대로 뺏어가고 마지막으로 전쟁이나 노동에 힘쓸만한 젊은 남자와 여자를 다 끌고 가는 것이었다.

엄마는 그들을 따라 집을 나섰다. 외할머니는 그 뒤를 따라 왔지만 그들은 못 따라오게 했다. 국가를 위해 봉사하러 가는데 기뻐해야 한다는 둥, 먹고 자고 입는 것 모두 국가에서 책임지니 염려할 것 없다는 둥 장황하게 늘어놓으면서…… 외할머니는 몇 걸음 더 오다가 엄마에게 말했다.

"분아, 마음 단디 먹고, 밥 꼭 챙겨 먹그래이……."

엄 마 의 삶 에   스 며 들 다

외할머니의 말은 물기를 머금고 끝내 말을 잇지 못했다. 그리고 손만 흔들고 있었다. 엄마는 가다가 돌아보고 가다가 돌아보고 그러다 어느새 눈망울은 눈물로 가득 차버렸다.

지서 앞에 모인 아이는 네 사람이었다. 그중에는 면서기의 동생도 있었다. 곧이어 버스가 왔고 아이들은 차에 올라탔다. 차에 타서 둘러보니 올라탄 아이는 둘뿐이었다. 면서기의 동생도 없었고 또 다른 한 아이도 없었다. 차를 타기 전에 면서기, 일본 순사, 호송 관련자 등이 북적거리는 사이에 두 사람은 뒤로 빼돌려진 것이었다. 경찰이나 기관에 연줄이 있거나 그들을 뇌물로 삼거나 해서 이렇게 뒤로 빼내는 사람도 있었다. 아무런 끄나풀도 없고 힘이 없는 서민의 아이들만 여지없이 끌려갔다.

차는 한두 군데 더 멈춰서 몇 사람을 더 태우고 대구로 향했다. 차의 앞쪽에는 일본인이 앉아서 타고 있는 아이들을 감시하고 있었다. 차는 서서히 노구재의 오르막길을 오르고 있었다. 노구재를 넘으면 영천이다. 청송에서 대구로 가려면 필연코 노구재를 넘어야 하는데, 이 고개는 보현산에서 이어진 가파른 산길을 뚫고 있어서 가파르고 위험하기로 악명이 높다. 길은 차 한 대가 겨우 지나갈 정도이고 앞쪽에서 차가 오면 계곡 쪽의 후미진 곳에서 기다리고 있다가 그 차가 지나가면 앞으로 나아갔다. 아래쪽으로는 까마득한 낭떠러지가 악마가 입을 벌린 듯한 모양을 하고 있다. 눈이 오는 겨울에는 승객들이 내려서 차를 밀고 올라가기도 했다. 꾸불꾸불 휘어진 데다 비포장도로여서 차가 몇 번 요동을 치고 나면 익숙지 않은 사람은 아침에 먹은 음식을 다 토해내는 일도 많았다. 험한 고갯길을 넘기 전에 대개 정상에 있는 휴게소에서 잠시 한숨을 쉰 후에 제 갈 길을 갔다.

엄마가 탄 차는 정상에서 잠시 멈췄다. 차창으로 보이는 산기슭에는 푸른 잎이 햇빛을 받아 반짝거리고 있었다. 우거진 잎사귀들 사이로 눈에 익은 잎들이 많이 보였다. 이맘때면 외할머니랑 산에 나물 캐러 다닐 때인데⋯⋯. 산에서 한 여자가 싸리나무를 엮어 만든 소쿠리를 들고 오는 게 보였다. 소쿠리 안에는 다래순이며 나물이 가득 담겨 있었다. 순간 엄마는 외할머니가 보고 싶어졌다. 고향 집이 어른거렸다. 자신은 어디로 가고 있나 하는 두려움이 몰려들었다. 콧등이 시큰거리고 목이 뜨거워지고 눈물이 흐르기 시작했다. 소리 내어 울 수 없는 게 한스러웠다. 울음을 참으니 콧물과 눈물은 더 흐르고 목은 부어올랐다.

나비는 평화롭게 날아 다니고 참새는 인간 세상의 변화에는 관심이 없다는 듯이 제 맘대로 돌아다니고 있었다. 나뭇가지에서 솟아나오는 여린 잎은 가느다란 바람 줄기에도 하늘거리며 봄빛을 만끽하고 있었다. 햇살은 여전히 따뜻하고 바람은 포근하게 불고 있는데 엄마의 가슴에는 시커먼 먹구름이 다가오고 있었다. 보이지 않는 커다란 손이 어깨와 양팔을 옭아매고 캄캄한 동굴 속으로 끌고 들어가는 것 같았다. 동굴 속에는 무엇이 기다리고 있을까? 호랑이나 사자가 굶주린 배를 채우려고 발톱을 세우고 앉아 있을까? 뿔이 네 개나 달려있고 이빨은 드라큘라보다 더 뾰족하고 높이 솟은 괴물이 아가리를 벌리고 먹잇감이 들어오기를 기다리고 있는 건 아닐까? 집으로 돌아가서 외할머니의 가슴에 얼굴을 파묻고 싶은 생각과 함께 밀려드는 두려움은 계속해서 엄마를 에워쌌다.

이웃에 사는 친구와 언니들과 함께 산에 나물 뜯으러 다니다가 목이 마르면 참꽃을 따 먹던 일도 떠올랐다. 그때는 정말 재미있었다. 돌아다니다가 허기질 때 참꽃을 따 먹으면 목도 촉촉해지고 배고픔도 잊혀졌다. 입술에는 꽃잎의 물이 배어 붉은 물감이 얼룩져 있는 것 같았지만, 그런 서로의 입술을 쳐다보며 깔깔거리던 때가 그리웠다. 소리를 억누르며 끅끅 우는 것은 대구에 도착할 때까지 이어졌고, 도착했을 때는 목이 부어올라 침을 삼키기도 어려울 정도였다.

엄마는 그물을 만드는 공장으로 배치 되었다. 공장에는 기숙사가 두 동 있었고, 복도를 사이에 두고 양쪽으로 방이 늘어서 있었다. 한 방에 네 사람씩 들어갔는데 방이 좁아서 네 사람이 누우면 가득 차버렸다. 복도 끝에는 일본인이 지키고 있었다. 이들은 '선생'으로 불렸다. 사꾸라 선생, 다께시 선생, 아직도 그 이름을 잊지 못한다. 아침이면 이들은 방 번호를 외친다. '몇 호, 몇 호'로 호출해서 공장으로 보냈다. 하루 종일 공장에서 일하고 밤이면 방으로 와서 잠자고, 그게 하루의 일과였다. 공장에는 많은 아이들이 함께 일을 했다. 나이도 대개 11살에서 15살 사이였다.

한창 커가는 나이인데 배고픈 걸 참는 게 너무 힘들었다. 하루 종일 공장에서 일하고 나면 뱃가죽이 등에 달라붙은 듯이 배가 움푹 들어가 버렸다. 배식해 주는 밥은 몇 숟가락 뜨고 나면 없었다. 반찬은 멀건 국 한 그릇 이었다. 여름에는 시금칫국과 미나리국이 자주 나왔는데 국물에 밥을 말면 허연 쌀벌레가 둥둥 떠다녔다. 숟가락으로 벌레를 휘휘 걷어내고 후루룩 삼켰다. 쌀벌레가 아니라 구더기가 있었어도 휘휘 저어내고 먹었을 것 같았다. 배가 너무 고프면 눈에 헛것이 보인다는 말이 거짓말이 아니었다. 잠이 들면 꿈속에서도 먹는게 보이고 낮에도 어떻게 하면 배불리 먹어볼까 하는 생각뿐이었다. 일하느라 지친 데다가 배까지 고프니까 몸이 자꾸 가라앉는 것 같았다. 어디라도 앉으면 졸리고 눈이 스르르 감겼다. 양지바른 벽에 옹기종기 모여 있는 닭들이 꾸벅꾸벅 조는 것같이 아이들도 앉으면 머리가 저절로 아래로 쳐졌다.

처음에는 공장 안에서는 실 감는 일을 했다. 다른 편에서는 감은 실로 마치 뜨개질하듯이 기계로 그물을 엮어가는 일을 했다. 실을 오랫동안 감다 보면 손가락이며 팔, 나중에는 어깨까지 통증이 오고 때로는 경련도 일어나고 더 심하면 마비가 되는 것 같은 증세도 왔다. 아파서 쉬고 있으면 어느새 회초리가 달려들고 때로는 욕설과 발길질까지 해댔다. 일하는 도중에 잠시 옆에 있는 친구와 얘기하다 들키면 여지없이 주먹이 날아들었다. 일하는 도중에는 휴식시간이 없었다. 식사시간에만 쉬는 것이었다. 일이 끝나고 밤에 기숙사 방에 들어가면 그래도 친구와 얘기를 나눌 수 있었다. 하루 중 친구와 수다를 떨고 상심을 나누며 마음을 달랠 수 있는 시간은 그때가 전부였다.

공장 주변은 온통 밭이었다. 지금의 대구 서쪽인데 현재는 전부 공단지역으로 바뀌었다. 그 밭에는 오이, 시금치, 파 등이 자라고 있었다. 공장 밖을 내다보면서 어떻게 하면 그걸 좀 뜯어 먹을까 하는 생각도 수백 번 했다. 그러나 기숙사의 감시는 24시간 계속되어 공장 밖으로 나가는 모험은 생각할 수 없었다. 간혹 밖으로 도망가는 사람도 있었다. 그렇지만 대부분 붙잡혀 오는데 그런 경우에는 모진 구타에 시달렸다. 그들은 아이라고 봐주는 게 없었다. 인정사정없이 때리고 발길질을 했다. 그렇게 맞은 아이는 며칠 동안 밥도 제대로 먹을 수 없었다. 거의 초주검이 된 상태에서 입도 피투성이가 되었으니 음식물을 삼키는 것도 힘겨울 지경이었다.

대구 근교에서 잡혀 온 아이들은 그곳 지리를 좀 아니까 도망을 가더라도 갈 곳이 있지만 시골에서 온 아이들은 설령 공장을 빠져나가더라도 길도 모르고 갈 곳도 없어서 도망갈 궁리를 할 수가 없었다. 더군다나 엄마는 성질이 모질지 못하고 겁이 많아서 그런 생각을 하지 못했다. 도망치다가 붙잡혀 온 아이들이 구타당하는 것을 본 후로는 그 생각만 해도 소름이 끼치고 몸이 움찔움찔해져서 감히 실행할 엄두를 내지 못했다.

공장의 담은 판자로 둘러져 있었는데 판자와 판자 사이로 틈새가 벌어져 바깥의 밭이 잘 보였다. 밭에서는 농사짓는 사람들이 자주 드나들었는데 오이나 파를 수확할 때면 정말 먹고 싶었다. 모두들 너무 배가 고플 때인지라 가끔 돈이 있는 아이가 1원을 그

틈새로 주면 오이 몇 개를 던져 주었다. 때로는 밭 주인이 돈을 받지 않고도 그냥 오이나 파를 주기도 했다. 배가 고프니까 오이든 파든 생것을 그냥 나눠 먹기도 했다. 그들이 보기에도 어린 애들이 볼이 홀쭉 들어간 게 안쓰러웠나 보다.

■

엄마는 한번도 돈을 주고 뭐를 사 먹은 기억이 없다. 돈이 없었다. 처음 공장에 들어올 때 한 달에 7원 8원의 월급을 준다는 말을 들은 것도 같은데, 한 번도 월급을 받은 기억이 없다. 7원이라야 쌀 한 말도 못사는 돈이었다. 돈을 받았다 하더라도 돈을 쓸 수가 없었다. 밖으로 나갈 수가 없었으니까 돈을 사용해 볼 기회조차 없었다. 그러니 돈에 대해 무감각했는지도 모른다. 줄 사람도 주어야 한다는 의무감이 없었을 테고 받을 사람도 꼭 받아야 한다는 생각을 못 했던 것으로 보인다. 강압적으로 일을 하다 보니 누구도 월급 달라는 말은 꺼낼 수도 없었을 것이다. 그러나 한 가지 이상한 것은 훗날 고향 집으로 돌아왔을 때 외할머니가 엄마의 옷과 소지품을 만지다가 호주머니에서 7원을 발견했다고 한 것이다. 엄마는 지금도 그 7원의 출처를 모른다. 분명한 것은 월급이라고 받은 돈은 한 번도 없었다는 것이다.

일단 공장에 들어온 후로는 밖으로 나가지 못했다. 외출도 할 수 없었고 휴일도 없었다. 오직 그들이 말하는 '국가를 위해 봉사하는 길'밖에 없었다. 밤에는 복도를 감시하는 일본인이 바깥에서 방문을 잠가 버렸다. 밤낮으로 감시당하는 감옥이나 다름없었다. 이렇게 해서 그 공장에서 3년을 지냈다. 큰 외할아버지는 대구 서문시장에서 장사하고 있었는데 공장으로 세 번 면회를 왔었다. 그때 처음으로 공장 문밖을 나가 보았다. 면회는 대기실에서 했는데, 공장의 정문 밖에 있었다. 그곳까지 나간 게 유일하게 공장을 벗어나 본 것이었다.

공장에는 의사도 약도 없었다. 아파도 치료받을 수 있는 건 없었다. 환경이 열악하고 좁은 장소에 사람은 많이 몰려 있어서 병균이 잘 옮았다. 특히 이와 옴이 많이 유행했다. 내가 초등학교에 다닐 무렵에도 이와 옴이 있어서 양지바른 곳에서 속옷을 뒤지며 이 잡는 사람도 있었고, 손가락 사이에 옴이 올라 긁어대는 사람도 있었다. 이는 머리를 자주 감지 않는 여자애들 머리카락 사이에도 뽀얗게 달라붙어 있었다. 옴은 주로 손가락 사이, 발가락 사이, 사타구니와 겨드랑이 같은 곳에 잘 생겼다. 그 당시에는 DDT라는 약이 좋다고 해서 그걸 이와 옴이 있는 곳에다 바르기도 했다. 지금은 DDT가 암을 유발할 수 있다고 해서 사용할 수 없지만 엄마가 공장에 있을 때는 그 약도 없었다. 여름에 특히 옴이 극성을 부렸는데, 일단 옴이 오르면 몸이 가려워 견디기가 힘들고, 긁으면 진물과 부스럼도 생겼다.

엄마도 공장에서 옴에 걸린 적이 있었다. 약이 없으니 민간요법에 의지할 수밖에 없었다. 들에 가면 도꼬마리라는 풀이 있는데 그 잎과 줄기를 짓이겨 몸에 바르기도 했다. 차나락의 볏짚을 태워서 그 연기를 쐬기도 했다. 또 탱자를 삶아서 그 물을 바르기도 했다. 약이 없고 치료를 받을 수 없으니 이렇게 산과 들에서 구할 수 있는 재료를 쓸 수밖에 없었다.

돌아보면 참 암흑 같은 시절이었다. 외할머니에게 응석도 부리고 가끔 재롱도 부릴 나이. 친구들과 소꿉놀이도 하고 산과 들을 마음대로 뛰어다니며 재미있는 시간을 보낼 나이. 때로는 늦잠을 자기도 하고 먹을 걸 달라고 떼도 쓸 나이. 남동생 둘(외삼촌)과 티격태격 장난도 칠 나이. 외할머니와 함께 밭에 가서 고추도 따고 상춧잎도 뜯고 산에 가서 다래랑 머루를 따서 먹을 그런 시기를 감시와 멸시 속에 보냈다.

언제쯤이면 이곳에서 빠져나갈 수 있을까? 이 일이 끝나는 날이 오기나 할까? 다시 고향 집으로 돌아갈 수 있을까? 몸이 고달프고 배가 고프면 이런 생각들이 머릿속을 떠나지 않았다. 바깥세상이 어떻게 돌아가고 있는지 전쟁은 어떻게 되어가고 있는지 하는 것은 알 수도 없었다. 그저 시키는 대로 일하고 때 되면 밥 먹고 밤이 늦으면 잠자는 것밖에 없었다. 재미있는 일 즐거운 일은 잊은 지 오래되었고 웃을 일은 찾을 수 없었다.

엄마는 담장 밖과 안을 제 마음대로 오가는 쥐가 부러웠다. 담장 밖 밭에 자라는 시금치와 파는 주인의 보살핌을 받고 햇볕을 마음대로 쬐며 바람과 시원한 공기를 마음껏 누리는데 자신은 지금 무얼 하고 있나 생각했다. 이 나이 때는 날아가는 새만 봐도 즐겁고 봄볕에 피어나는 풀잎을 봐도 행복하고 바람에 흔들리는 나뭇가지를 봐도 아름다운 감상에 젖어드는 때가 아닌가…….

꿈이 없는 사람은 생동감을 가질 수 없다. 희망이 없는 사람은 하루를 즐겁게 살아갈 수 없다. 기계처럼 취급받고 소모품과 같이 처리되는 사람에게 꿈과 희망은 저 먼 나라의 얘기였다. 오직 생각나는 건 아프지 않고 배불리 먹을 수 있고 잠 좀 푹 자는 것뿐이었다. 이것도 꿈과 희망이라고 할 수 있을까?

모든 일에는 시작이 있으면 끝이 있는 법이다. 살을 에는 칼바람이 불어도 겨울이 가면 봄은 오고 개나리는 꽃을 피운다. 눈이 쌓이고 온 땅이 다 얼어붙어도 민들레는 죽지 않고 또다시 싹을 틔운다. 총칼로 권력을 잡은 세력은 천 년을 이어갈 것 같지만, 그 끝은 그리 멀리 가지 못한다. 이것이 세상의 이치이고 모든 생명이 가지는 진리이다.

1945년 8월 15일 바깥세상에 해방이 찾아 왔다. 억눌려 지내왔던 사람들은 마음껏 소리치며 거리로 뛰쳐나왔다. 일본의 감시를 피해 숨어 지내던 젊은 남자 여자들도 자유의 기쁨을 누리며 거리를 활보했다. 그러나 공장에 갇혀 있는 엄마는 아무것도 몰랐다. 시간이 지나고 나서 돌이켜보니 조금 이상한 점이 있었다. 24시간 항상 지키고 있던 기숙사의 일본인 감시가 보이지 않았다. 그렇지만 그때는 그 이유도 몰랐고 그것이 이상하다고 생각지도 않았다. 항상 생활해 오던 방식에서 벗어나려고 생각할 수는 없었다. 들키는 순간에는 모진 구타와 시달림을 받아야 하므로…….

해방되고 이틀이 지난 8월 17일, 대구에 있는 큰 외할아버지가 찾아왔다.

"야야, 나가자. 일본놈들 다 도망가버리고 없다. 이제 해방이 되었다."

그 소리에 그저 멍해졌다. 그렇게 드세게 날뛰던 놈들이 어떻게 하루아침에 망해 버렸나? 그러고 보니 기숙사도 공장 안에도 감시하던 일본인들이 보이지 않았다. 그제야 정말 세상이 바뀌었다는 걸 알았다. 챙겨 갈 보따리는 없었다. 들어 올 때 몸만 왔으니 나갈 때도 몸만 나가면 되었다. 이런 곳에 미련은 남을래야 남을 수 없었다. 지긋지긋한 얼굴만 안 봐도 가슴이 후련할 것 같았고 그 좁은 공간만 벗어나도 살 수 있을 것 같았다. 엄마는 옷만 주섬주섬 챙겨 입고 큰 외할아버지를 따라 바깥세상으로 드디어 나왔다.

．　　　　■

그날 하루를 큰 외할아버지 집에서 잠을 자고 아침 일찍 고향 집을 향해 출발했다. 아직 열네 살의 엄마는 집으로 돌아가는 길도 몰랐고 고향의 마을 길 이외에는 혼자 나가본 적이 없었다. 그래서 큰 외할아버지와 함께 길을 나섰다. 대구 동촌역에서 기차를 타고 의성역에 내렸다. 의성에서 청송군 안덕까지는 걸어서 갈 참이었다. 지금은 국도가 생겨 다니기 편해졌지만 그 당시에는 들길을 지나고 산길을 넘어서 가야 했다. 지금 32km, 즉 80리 정도 되는 거리를 100리가 훨씬 넘도록 걸었다.

의성역을 나와서 들길을 지나고 얕은 산허리를 걸었다. 하늘은 맑고 태양은 따가웠다. 흰 구름만 몇 점 흘러다닐 뿐 햇빛을 가릴 만한 건 아무것도 없었다. 개울 옆에는 쑥부쟁이꽃이 해방된 천지를 밝히려는 듯 드넓게 피어 있었다. 연보라빛이 살짝 감도는 흰색의 쑥부쟁이꽃은 너무나 아름다웠다. 고향의 산에서도 숱하게 보았던 꽃인데 이날따라 유난히 가슴을 아련하게 후벼 팠다. 얼마나 오랜만에 보는 꽃인가? 얼마나 오랜만에 걸어보는 이 땅의 흙인가?

걷고 또 걸었다. 그런데 끝이 보이지 않았다. 삼 년의 세월을 좁은 공간에서만 지내온 탓인지 몸은 더 빨리 피로해졌다. 다리는 자꾸 헛디디는 것 같고 팔은 점점 아래로 늘어졌다. 배가 너무 고파 팔다리에 힘이 없었고 몰려오는 졸음을 참을 수가 없었다. 걸으면서 졸다가 발을 헛디뎌 몸이 앞으로 고꾸라 넘어지기를 여러 번 했다. 길옆에 가느다란 개울이 있어 땀도 식히고 목도 축일 겸 개울로 내려갔다. 양손을 오므려 개울물을 떠 마셨다. 두 번 세 번 계속 떠 마셨다. 몇 번을 떠서 마셨는지 기억도 나지 않지만 한참을 그렇게 마시고 나니 배고파 혼미해졌던 정신이 돌아오는 것 같았다. 엄마는 옆으로 슬며시 드러누웠다. 얼마나 지났을까? 큰 외할아버지가 깨우는 소리가 들렸다.

"야야, 일어나라. 너무 늦으면 집에 못 가."

잠이 왜 그렇게 몰려오는지 몸을 가누기가 힘들었다. 의성군 사곡면 놀매골에 엄마의 친척 언니가 살고 있었는데 그 날은 거기서 하루 묵고 갈 생각이었다. 그 언니는 길쌈을 삶고 있었다. 저녁밥은 까만 보리밥과 된장, 풋고추 몇 개가 전부였다. 엄마는 평생 이 날 먹은 저녁밥을 잊지 못했다. 반찬도 없는 까만 보리밥인데 얼마나 꿀맛 같은 식사였는지, 마치 게눈 감추듯 후딱 먹어 치웠다. 엄마는 밥을 먹고 드러누워 자다 깨다 했는데, 친척 언니는 밤새 길쌈을 하고 있었다. 삼베를 짜서 팔아야 가족의 생계를 해결할 수 있었으니 잠시도 쉴 수가 없었다. 그때는 풍족하게 사는 집이 없어서 어느 집이나 남자든 여자든 손을 움직여야 했다.

다음날 다시 집을 향해 발걸음을 옮겼다. 산을 넘고 또 넘고 하루가 다 가도록 걷고 또 걸었다. 몸은 전날보다 아주 가벼워졌다. 고향의 냄새가 점점 가까워지는 것을 느낄 수 있었다. 저 멀리 낯익은 산봉우리가 보이기 시작했다. 참꽃 따 먹으러 돌아다니던 산허리도 보이기 시작했다. 그 어디쯤인가 외할머니가 나와 있지 않을까 눈을 두리번거려 보았다. 삼 년을 떠나 있었지만 수십 년 만에 돌아온 것 같은 느낌이었다. 고향의 땅과 거리는 변한 게 없었다. 떠나던 날 북적거리던 지서 앞은 아무도 없어 설렁했고 너무나 조용했다.

그놈들은 다 어디로 가버렸을까? 그놈들이 어떤 모습을 하고 있는지 얼굴이나 한 번 보고 싶었다. 할 수만 있다면 모가지를 한 번 비틀어 주고 싶었다. '국가를 위한 봉사' 너나 하지 왜 애꿎은 아이들을 잡아가냐며, 면상에다 침도 한 번 뱉어주고 싶었는데 그놈들은 어디로 다 가버렸을까? 해가 서쪽 산으로 넘어갈 무렵에야 엄마는 그리웠던 집에 도착했다.

나는 이 얘기를 듣기 위해 여러 번 엄마에게 전화했다. 그렇지만 한 번도 끝까지 얘기를 들어보지 못하고 전화를 끊어야만 했다.

"엄마, 지금 바빠서 나중에 또 전화할게요."

"손님이 왔나 봐요. 끊고 다음에 전화할게요."

얘기를 듣다 보면 눈물이 나와서 더 이상 들을 수 없었다. 엄마에게 눈물을 흘리는 걸 들키기 싫었다. 그래서 전화를 끊고 한동안 마음을 가라앉혀야 했다. 그렇게 조금씩 여러 번에 나눠 듣고서야 얘기를 전부 들을 수 있었다.

고향길 외출

　　　　　　우리 집은 추석날 아침에 성묘를 간다. 형님
은 대구에 살지만 나와 동생은 서울에 살고 있어서 명절이 아니면
모이기 어렵다. 산소가 대구에서 한 시간 반 정도 걸리는 청송에
있어서 추석에 대구에서 모였을 때 같이 가는 게 가장 편하다. 요
즘은 어느 집이나 자가용을 이용해 성묘를 가므로, 추석 당일에
는 차가 너무 몰려 교통 혼잡이 이만저만이 아니다. 그래서 추석
일, 이주 전에 성묘 다녀오는 사람들도 많고, 추석 후에 다녀오는
사람들도 많다. 하지만 우리는 아직 그럴 엄두를 내지 못하고 있
다. 덜 붐빌 때 가자고 서울에서 대구까지 추석 일주일 전에 왔다
가, 추석에 또 내려오기가 쉽지 않아서다.

　아버지가 살아 계실 때는 추석날이 좀 바빴다. 남자들은 바쁘
게 움직이기만 하면 됐지만, 여자들은 바쁘기도 했지만 좀 고달팠

을 것이다. 아버지는 평소에도 아침잠이 없어서 일찍 일어나는 편이었는데, 추석에는 더 일찍 일어나서 빨리 제사 준비하라고 채근을 했다. 아침 제사를 7시나 7시 반 경에 지낼 수 있도록 하라고 했으니 형수는 5시에 일어나 준비하고 출발해야 6시 반까지 아버지 집에 도착할 수 있었을 것이다. 나의 아내와 제수씨는 전날 아버지 집에 도착해서 잠을 자는데, 그 시간에 일어나지 않으니까 아버지께서는 거실에 나와 헛기침을 하셨다.

시간이 됐으니 빨리 일어나라는 신호인데, 아내는 뜨기 싫은 눈을 억지로 뜨고 일어났다. 형수는 간혹 지나가는 말투로 볼멘소리도 하고 얼굴에는 억지웃음을 지으며 불만 섞인 말을 늘어놓기도 했다. 아내 역시 말로는 못했겠지만, 표정이나 행동에서 내키지 않는 냄새를 풍겼다. 제수씨는 제일 졸병이라서 좋든 싫든 따라서 할 수밖에 없었겠지만…….

나를 비롯한 우리 친족은 대개 종달새 형이라 아침에 일찍 일어나는 습관이 배어 있지만, 아내는 올빼미형이라 밤에는 늦게 잠을 자고 아침에는 느지막하게 깨어난다. 그런데 6시에 일어나라 하니 몸의 리듬이 맞지 않아 눈을 떠도 몸이 말을 안 듣는 것이다. 대구의 자기 집에서 자고 오는 사람이나 아버지 집에서 자는 사람이나 힘들기는 마찬가지였다. 아무튼, 형수, 아내, 제수씨 이 세 사람은 그때 '시집살이 고달프다'는 생각을 좀 했을 것이다.

제사를 일찍 지내고 아버지, 형, 나, 동생, 큰조카 등 남자들은 산소로 갔다. 산소에는 할아버지와 할머니의 묘가 있었는데 꽤 넓게 자리 잡고 있었다. 그와 같은 크기로 아래쪽에 아버지와 어머니가 묻힐 자리가 있었다. 잔디는 그 전체에 깔려있는데 터가 넓어서 잔디 깎는 게 보통 일이 아니었다. 처음 몇 년간은 낫으로 잔디를 깎았는데 땅바닥에 붙은 뿌리 부분을 자르려면 허리를 완전히 숙이고 잘라야 했다 이렇게 30분만 해도 허리는 물론 팔다리도 뻐근하고 온몸에 땀이 흘러내렸다. 세 사람이 낫으로 쉬지 않고 하더라도 두세 시간은 족히 걸렸다. 추석 무렵 한낮의 햇볕은 뜨겁게 내리쬐고, 잔디 위에는 그늘을 찾을 수도 없었다. 그늘이라야 향나무가 있는 자리뿐이었는데 그곳은 한 사람이 앉으면 딱 맞는 자리였다.

그때는 아버지가 묫자리를 왜 이렇게 넓게 만들었는지 원망하기도 했다. 묘의 숫자가 많아져서 전체묘지가 넓어지는 거야 당연하지만, 묘 1기당 면적이 넓어 잘라야 할 잔디가 많은 것에 대한 원망이었다. 그러나 손질을 다 끝내고 넓은 잔디에 둘러싸인 묘를 바라보면, 널찍한 공간이 정말 편안해 보인다.

원래 밭이었던 자리를 묘지로 사용했기 때문에 엄청나게 번식하는 잡초를 뽑아야 했고, 묘지 둘레에 심은 조경수는 가지치기와 주변 정리가 필요했다. 특히 오갈피나무, 감나무에는 환삼덩굴 같은 줄기식물이 칭칭 감고 있어서 그대로 두면 숨도 못 쉬고 말라 죽을 것 같았다. 힘이 들고 시간도 오래 걸리지만, 아버지는 게으름 피우지 않고 꼼꼼하게 마무리를 하셨다. 조상을 잘 모셔야 후세가 복을 받는다는 생각을 하셨는지도 모르겠다. 다 마치고 대구로 돌아오면 저녁 무렵이 되었다.

아버지가 돌아가시고 난 뒤에는 집에서 제사 지내는 것은 생략했다. 아침 식사만 간단히 하고 바로 산소로 가서 벌초한 뒤, 그곳에서 간단하게 상을 차리고 제사를 지내는 것으로 바꿨다. 해가 갈수록 성묘 차량이 늘어나 돌아오는 길이 너무 막혀, 빨리 갔다가 빨리 돌아오자는 취지였다. 잔디 깎는 시간도 줄이고 일도 좀 편하게 하기 위해 예초기도 마련했다. 간단한 기계지만 수작업을 기계로 바꾸는 건 효과가 컸다. 따가운 햇볕도 덜 받을 수 있고 느긋하게 조상님들의 처소를 둘러볼 수도 있었다. 그렇게 하니 세 여자의 시집살이 고통도 좀 해소되었고 남자들도 좀 여유가 생겼다.

제사 상차림의 번잡함이 없어지니 가끔 형수는 산소까지 산책 삼아 동행하기도 했다. 너무 멀고 교통도 불편해서 그렇지 사실은 가족들이 다 함께 성묘를 하는 게 도리에도 맞고 뜻깊은 행사가 된다. 여자들은 새벽에 일어나서 얼굴 다듬을 새도 없이 제사 상차림 준비하고 또 제사 끝나면 상 치우고 설거지하는 게 너무 번잡스럽고 힘이 들어 성묘하러 갈 엄두를 못 냈었다. 하지만 여유가 된다면 여자든 남자든 같이 성묘를 가는 게 여러모로 훨씬 좋다. 한두 해가 지날 때까지는 괜찮았는데 몇 해 지나니까 또 차가 막혀 길에서 고생하는 일이 생겼다. 시골에도 집집이 차가 생겼고 도시에서 고향에 내려오는 사람들도 다들 차를 갖고 오니까 길이 몸살을 앓게 됐다.

다행히도 형님이 은퇴하고 산소 옆에 조그만 컨테이너 집을 하나 지었다. 나이 들어 공기 좋은 산밑에 사는 생활도 좋고 가까이에 아버지와 할아버지 할머니가 계시니 자주 인사도 드릴 수 있어 금상첨화인 셈이었다. 아버지도 비록 땅속에 계시지만 옆에 형님이 함께 자고 있다는 걸 아시면 밤이 덜 적적하실 것이다. 형님은 조그맣게 밭도 정리해서 상추 고추 호박 들깨도 심고 주말마다 전원 한가운데 드러누워 산골공기로 목욕도 하고, 짬을 내서 산소에 벌초도 했다. 덕분에 추석날 산소정리는 힘 안 들이고 빨리 끝낼 수 있게 되었다.

지지난해 추석 전날 밤 나는 엄마와 나란히 누웠다. '엄마는 고향에 가보고 싶지 않을까? 어릴 때 밟았던 땅도 밟아보고 그때 살았던 고향 집(친정집)도 돌아보고 엄마의 엄마(외할머니)와 나누었던 얘기도 회상해 보고 싶지 않을까?'하는 생각이 들었다. 그동안에는 벌초하는 일이 쉽지 않아 남자들만 가서 빨리 벌초 하고 제사 지내고 돌아오는 것만 생각했었는데, 이제 당일에 벌초하는 시간도 벌었고 여유가 생겼으니 엄마에게 고향길을 다녀오는 기회를 만들어 드리고 싶었다.

"엄마, 성묘 갔다가 옛날 고향 집에 안 가 보실래요?"

엄마가 어떻게 생각하실까 궁금했는데 뜻밖에도 쉽게 대답하셨다.

"그래 같이 가보자."

나는 가끔 어린 시절에 뛰어놀았던 냇가가 생각난다. 겨울철 꽁꽁 얼어붙은 냇가에서 앉은뱅이 스케이트 타던 것도 생각나고 그

때 같이 놀던 친구도 보고 싶다. 곶감을 주렁주렁 매달아 놓은 고향 집의 툇마루에도 앉아보고 싶다. 여름철 소 풀 먹이러 산으로 소를 끌고 가던 기억도 아른거리며 떠오른다. 한 번은 소의 맨 등에 올라타다가 뒷발에 차여 도랑에 처박힌 기억도 있다. 그때 그 친구는 어디서 무엇을 하고 있을까? 매미 잡고 잠자리 낚아채고 메뚜기 잡으러 다니던 그 친구는 나를 생각하고 있을까? 어린 시절 꿈을 키웠던 고향에 대한 향수는 누구나 아름다운 추억으로 남아 있을 것이다. 그 시절로 돌아 가고 싶다는 생각은 모든 사람이 갖고있는 염원일 것이다. 그런데 왜 나는 엄마도 이런 생각을 하고 있으리라는 것을 이렇게 늦게 깨달았을까?

엄마는 이제까지 자신이 하고 싶은 걸 나에게 요구한 적이 없다. 자신이 하고 싶은 걸 얘기해서 나나 형제들이 불편해지거나 힘들어지는 것을 원하지 않았다. 젊었을 때는 혼자서도 가고 싶은 곳을 갈 수 있었겠지만, 지금은 건강이 예전 같지 않아 차를 타고 가도 장거리여행은 하기가 어렵다. 차도 가능한 한 덜컹거리지 않게 해야 하고 가다가 힘들면 차 안에서의 자세도 편하게 바꿔야 하고 때로는 중간중간에 쉬었다 가는 것도 필요하다. 이러니 자식들에게 폐를 끼치지 않으려고 하고 싶은 것이 있어도 말을 못하는 것이다. 속이 깊지 못한 나와 형제들이 그걸 알아차릴 수 없었다. 엄마는 마치 기다리고 있었던 것처럼 뜸 들이지 않고 같이 가자고 대답했다.

다음 날 아침 우리 삼 형제와 조카는 엄마를 모시고 산소로 출발했다. 산소로 가는 길은 엄마의 고향 집(친정집)으로 가는 길과 같다. 아버지는 돌아가시기 몇 해 전에 우리 가족의 묘지로 이곳을 선정하고 땅을 샀다. 엄마의 고향 집과는 차로 4~5분 거리이다. 앞으로는 제법 넓은 냇물이 흐르고 왼쪽으로 가면 이름난 정자(방호정)가 있고, 묘지 아래로는 대로가 뚫려있어 접근하기도 편하다. 할아버지의 묘는 이곳에서 20리나 더 들어간 아버지 고향의 산속 깊숙한 곳에 있었는데, 아버지는 이곳을 가족묘지로 정하신 후 이장을 했다. 그리고 할머니가 돌아가신 후 이곳에 자리를 잡으셨고 아버지도 뒤따라 이곳에 묻히셨다.

아버지는 아버지의 아버지 대부터 자식들과 그 자식의 자식들까지 대대로 가족이 묻힐 자리로 이곳을 마련했다. 할아버지의 산소 위쪽에 서서 앞을 바라보면 가슴속에 응어리진 모든 것이 없어질 정도로 후련하게 탁 트인 전망이 좋다. 햇빛은 온종일 떠나지 않고, 바람은 머무르는 일 없이 스쳐 지나가 버린다. 넓은 냇가의 공터는 관광객을 위한 수도와 주차, 화장실 등의 편의시설이 마련되어있고 냇물을 따라 올라가면 방호정 정자로 이어지는 걷기코스도 마련되어 있다. 봄 여름에는 많은 사람이 냇가에 와서 휴가를 즐기니 심심하지도 않다.

아버지는 이런 거리낌이 없는 공간에서 자유로운 영혼의 비행을 꿈꾸면서 살고 싶으셨나 보다. 장차 엄마가 들어갈 자리는 아버지의 바로 옆이다. 엄마가 밤에 적적하거나 옛이야기가 생각날 때면 옛집에 잠시 다녀오기도 편할 것이다.

우리의 차는 중앙고속도로를 올라타고 의성군 춘성 면으로 들어섰다. 엄마의 머릿속은 이제 까마득한 옛날의 흔적들이 이리저리 맴돌고 있을 것이다. 70년 전 걸어갔던 흙길은 의성군 사곡면을 지나 산길로 이어졌지만(지금은 약간 비껴가지만) 국도가 잘 닦여져 있다. 의성이라는 지명이 엄마의 기억을 불러올지도 모른다. 어쩌면 의성 땅을 밟기가 싫을 지도 모른다. 너무나도 힘들게 걸어갔던 길이므로……. 엄마의 표정은 아직 무심한 듯했다.

차는 영천을 지나 노구재 길로 접어들었다. 예전에 엉금엉금 기어 올라가던 흙길이 시원하게 넓혀졌고 차는 막힘없이 잘도 달린다. 노구재 정상의 휴게소에서 멈춰서 잠시 쉬기로 했다. 엄마는 물끄러미 산 아래를 내려다본다. 왼쪽 산허리도 올려다보고 오른쪽 산허리도 올려다본다. 산은 그대로고 나뭇잎은 역시 푸르고 싱싱하다. 하늘은 맑고 바람 역시 신선하다. 70년 전이나 지금이나 자연은 달라진 게 별로 없다. 그러나 엄마의 마음은 그때와 지금은 달라도 너무 다르다.

11살 아이가 끌려갔던 길을 83세의 노인이 되어 되돌아보고 있다. 옆자리에 앉아 있던 아이는 아직 살아 있을까? 앞자리에서 눈물을 흘리던 아이는 지금 무엇을 하고 있을까? 그때 다래순을 따서 내려오던 여자는 어느 쪽으로 내려왔던가? 바람에 흔들리던 잎사귀가 햇살을 맞아 반짝이며 하늘거리던 모습, 그걸 보는 순간 외할머니가 보고 싶고, 집으로 돌아가고 싶어서 울음을 참을 수 없었는데…….

엄마는 캄캄했던 시절, 무서웠던 그 날, 혼자서 너무나 외로웠던 그때가 새삼스럽게 자꾸 떠올랐다. 산기슭에는 들국화가 점점이 피어서 향수를 불러일으킨다. 배고픔과 졸음에 시달리며 걸어갈 때 보았던 쑥부쟁이꽃 같기도 하고 구절초꽃 같기도 하다. 꽃잎 위로 외할머니 얼굴이 하늘거리다 사라진다. 외할머니는 함박웃음을 크게 지어보이다가 금세 슬픈 표정으로 바뀌어 버리고 또 먼 곳을 향해 손짓하면서 사라져 버린다. 저쪽 한쪽에는 일본 순사의 칼 찬 모습도 보이고 버스 안을 지키던 일본인도 나왔다 사라진다. 엄마는 산등성이와 꽃, 나뭇잎을 한참을 보고 또 본다. 말없이, 물끄러미……

서해의 사람이 살지 않는 섬에 가보면 매끄럽고 예쁜 돌들이 많다. 오랜 세월 동안 파도에 휩쓸려서 깎여지고 바람에 스치며 다듬어지고 눈비에 맞아 단단해져서 둥글게 둥글게 매끄러운 모양을 하고 있다. 얼굴에 문질러도 따갑지 않고 손으로 주물럭거리면 차갑고 신선하며 때로는 따스한 온기가 나기도 한다. 하지만 방금 깨진 돌은 모난 데가 많고 삐죽하며 껄끄러워 만지면 상처가 나기 쉽다. 엄마의 마음은 오랜 시간이 흐르면서 다듬어지고 단단해져서 이제 지난 모든 것에 대해 포용하고 용서할 만한 크기가 된 것 같다. 수많은 시련과 슬픔과 분노가 커다란 용광로 속에서 어우러지고 달궈져서 해탈의 경지에 들어선 것 같다. 엄마의 얼굴에서 원한이나 분노의 표정은 보이지 않는다. 그저 말없이 과거를 회상하면서 마음이 가는 길을 따라가고 있는 것 같다.

엄마의 삶에 스며들다

노구재 아래의 계곡에는 댐공사가 거의 막바지에 다다르고 있었다. 산 중턱을 굽이굽이 이어가던 길은 머잖아 터널로 바뀌게 된다. 많은 사람의 애환이 서린 이 길은 앞으로 발길이 뜸해질 것이다. 보현산 댐이 완공되고 터널이 개통되면 산소 가는 길은 훨씬 편해질 듯하다.

우리는 산소에 도착했다. 잔디는 고르게 잘 다듬어져 있었다. 여름 뜨거운 뙤약볕 아래서도 형님은 할아버지, 할머니, 아버지의 집을 청소하고 다듬고 잠자리를 매만지는 걸 게을리하지 않았나 보다. 끊임없이 솟아 나오던 잡초도 잘 보이지 않았다. 잔디만 파릇파릇하게 펼쳐져 있었다.

아버지는 할아버지와 할머니 묘의 왼쪽과 오른쪽에 배롱나무를 심었다. 여름부터 가을까지 붉은빛의 꽃이 계속 피어 있다 하여 백일홍으로 알려진 꽃나무이다. 어찌 된 일인지 한 그루는 말라 간다. 예쁜 꽃들이 소복하게 달라붙어 아버지의 바람대로 할아버지 할머니의 집을 환하게 해줬으면 좋을 텐데……. 아버지는 아버지와 엄마의 묫자리 양쪽에는 흰색 목련을 심었다. 하얗고 깨끗한 목련은 몇 년을 잘 피었다. 아버지는 죽어서도 깨끗한 마음을 간직하고 싶으셨나 보다. 빈손으로 가는 것 그 자체가 깨끗한 것이 아닐까? 먼저 가시면서 엄마에게 깨끗하게 살다 가라고 얘기하는 것일까? 몇 년 동안 봄만 되면 하얀 등불을 켜던 목련은 어느해 몹쓸 손이 뿌리째 뽑아 가버리고 빈자리만 휑하다.

묘지의 양쪽 가장자리에는 향나무와 오갈피나무를 심었다. 오갈피나무는 탁구공 같이 생긴 꽃을 피우다가 가을에는 골프공 같은 열매를 맺는다. 검은 알들이 뭉쳐서 골프공처럼 생긴 그 열매는 가을에 따서 끓여 먹는다. 이른 봄에 나오는 새순은 따서 나물로 먹기도 하고 늦가을에는 가지를 잘라서 차를 끓여 마시기도 한다. 오갈피나무는 간의 해독에도 좋고 면역기능을 증진 해 잔병치레가 없도록 해준다.

아버지는 왜 이 나무를 심었을까? 자손들이 건강하게 오래 살도록 미리 처방을 해주신 걸까? 오른쪽 맨 위의 구석에는 감나무를 심었다. 작년에 환삼덩굴이 감나무를 칭칭 감고 있어서 감나무 잎사귀가 햇빛도 제대로 못 받아 오그라들어 있었는데, 그걸 작년 추석에 다 뜯어내고 환삼덩굴 뿌리까지 뽑아서 버렸었다. 올해는 그 나무에 감이 열렸다. 고생 끝에 열린 열매라서 열두세 개 정도이지만 사랑스럽다.

겉과 속이 같은 색의 과일은 드물다. 사과는 겉이 발갛지만 속은 희다. 수박은 겉이 파랗지만 속은 빨갛다. 배는 겉이 누렇고 속은 희다. 그에 비해 감은 겉과 속이 다 주황색이다. 아버지가 나무를 심을 때는 나름대로 이유가 있었을 것이다. 아버지는 말을 많이 하지 않았다. 술 마시는 날에는 말씀을 좀 하셨지만 평소에는 말이 별로 없었다. 그렇지만 감나무를 심은 것에는 분명히 뜻이 있었을 것이다. 자식들이 감을 따서 먹으면서 '겉과 속이 똑같게 살아라'라는 무언의 말씀을 새겨 보라는 의미가 아닐까? 엄마는 묘지를 한 바퀴 천천히 돌아보았다. 향나무의 향도 맡아보고 오갈피 열매도 만져보고 감도 잘 익었는지 들여다보았다. 한 그루만 살아있는 배롱나무꽃 향기도 받아보았다. 아버지의 묘, 엄마의 묫자리 앞에는 묘지를 받쳐주는 돌이 쌓여 있는데 그 아래 터에는 쑥부쟁이꽃이 만발해 있었다. 일부러 심은 것도 아닌데 어떻게 이리도 많이 피어 있을까? 보통 들국화로 불리는 흰색의 이 꽃은 청명한 가을 하늘과 대비가 되어 유난히 깨끗해 보인다. 엄마는 그 꽃도 한참 들여다보았다. 봉분에 있는 잔풀도 뽑고 봉분을 쓰다듬어 보기도 했다. 그리고 아버지의 묘 앞에 서서 한참 생각에 잠겨 있었다.

"아—들(얘들) 다 같이 왔어요. 다 잘 되게 해 주이소."

엄마는 그렇게 인사를 했다. 이제는 모두 환갑을 전후하는 나이의 자식들인데 아직도 자식들의 복을 기원한다. 엄마의 자식에 대한 기원은 끝이 없다.

성묘를 마치고 밭 사이로 난 작은 길을 따라 엄마의 고향 집으로 갔다. 그곳엔 지금 큰외삼촌이 살고 계신다. 집 앞 골목 입구에서 왼쪽으로 보면 초등학교가 있었는데 이젠 빌라만 덩그러니 남아 있다. 골목 앞에 있던 교회 자리에는 예쁘장한 전원주택이 들어서 있다. 담장 옆에 있던 초가는 현대식 주택으로 변해 있다. 그렇지만 변하지 않은 것도 있다.

　길은 옛길 그대로이고 집의 지붕이며 기둥도 옛 모습 그대로이고 마당도 예전의 모양을 변함없이 간직하고 있었다. 사랑방 모퉁이를 돌아가면 뒤편에 작은 골방이 있다. 혼자이고 싶을 때 가만히 앉아 시간을 보내던 장소, 그곳도 옛적 그대로였다. 엄마는 마당의 끝에서 골목 입구를 바라보고 섰다. 그 자리는 외할머니가 손을 흔들며 서 있던 곳, 후들거리는 다리를 겨우 지탱하며 떠나가는 딸을 바라보던 곳, 눈물을 속으로 삼키며 '분아!'를 부르던 곳이다. 엄마는 마당을 휘휘 둘러보고 하늘을 한 번 쳐다보고 담장 너머 멀리 길을 바라보았다. 아름다웠던 날도 생각나고 떠올리기 싫은 기억도 떠오르고 보고 싶은 얼굴도 생각났을 것이다.

　나는 오늘의 외출이 엄마가 지난날의 추억을 새롭게 정리하고 회상해 보는 시간이 되었기를 바랐다.

·

전쟁과 삶

　　　　　　고향 집 앞에는 논이 두세 마지기 있고 논을 지나면 개울이 흘렀다. 그 개울을 건너면 나지막한 산을 오르는 길이 있었다. 아버지는 그 산길을 넘어서 초등학교에 아이들을 가르치러 다녔고 엄마는 그 산길을 넘어서 밭일을 하러 다녔다. 마을 아이들도 학교에 가려면 그 산길을 넘어다녔다. 고향 집의 대문에서 보면 산등성이 전체가 한눈에 들어오고 산길을 넘어가는 엄마의 모습과 발걸음도 숫자를 셀 수 있을 만큼 선명하게 보인다. 나지막한 산의 머리 부분에는 소나무가 병풍처럼 기다랗게 늘어서 있고 그 아래쪽 기슭에는 키 작은 갈참나무가 잘 자라고 있다. 이 갈참나무는 키가 많이 클 수가 없다. 해마다 봄이면 새로 난 잎과 줄기를 잘라 논에 집어넣어 흙과 뒤섞어서 영양분을 공급하는 퇴비로 쓰기도 하고, 잎과 줄기를 소똥과 섞어서 거름을 만들기도 했다.

거름을 만들 때는 다른 풀도 잘라서 자른 풀과 잎을 바닥에 넓게 깔고 그 위에 마구간에서 끄집어낸 소똥이 섞인 볏짚을 깐다. 화장실에서 퍼낸 인분을 섞어 주기도 한다. 이걸 여러 겹 쌓으면 어른 키만큼의 높이가 된다. 이렇게 해서 한 해 정도 지나면 비도 맞고 눈도 맞으면서 썩어서 좋은 거름이 된다. 그때는 화학비료가 아닌 자연에서 나오는 재료를 써서 거름을 만들었고, 그것을 논과 밭에 뿌렸다. 농부의 일손이 더 많아 지지만, 땅은 더 기름졌고 사람에게도 더 건강한 먹을거리가 됐었다.

키 작은 갈참나무 사이에는 진달래 나무와 싸리나무가 고르게 섞여 있었다. 이른 봄에 진달래꽃이 필 때, 집 마당에서 산을 보면 솔잎이 배경이 되고 그 위에 분홍빛의 참꽃이 깔려 있었다. 그 모습은 탄성이 절로 나올 만큼 아름다웠다. 여름이 시작될 무렵에 진달래는 꽃이 지고 무성한 푸른 잎으로 변신했다. 갈참나무의 넓은 잎은 더욱 짙푸르게 자라 있었다. 그 사이사이로 흰색과 보라색이 물든 싸리꽃이 펼쳐져 한 폭의 수채화를 연출했다.

바람이 불면 넓은 잎과 작은 잎 그리고 가지가 흔들리며 '쏴—' 하는 소리를 내기도 하고 '쉬이—'하는 소리도 내면서 한쪽으로 휘어지며 흔들린다. 그러면 푸른 녹색의 잎은 희끗희끗한 녹색으로 바뀌어간다. 잎사귀들이 변하는 색깔과 가지와 풀잎이 눕는 정도에 따라 바람의 세기와 방향을 알 수 있었다. 비가 올 때는 '두두두두' 하는 소리, '타타타타' 하는 소리를 내기도 하고 소리 없이 내리기도 한다. 비가 내는 소리가 클수록 잎사귀는 점점 더 땅을 향해 고개를 숙인다.

개울가에는 갯버들이 드문드문 자라고 있고 키가 크지 않은 물풀들이 양쪽 물가를 가득 메우고 있었다. 물풀은 개울 바닥까지 뿌리를 내리고 있고 그 뿌리와 흙이 엉겨 붙어 있는 수초 사이에는 미꾸라지들이 많이 살고 있었다. 나는 어린 시절 여름방학이면 이곳에서 미꾸라지를 참 많이 잡았다. 싸리나무 나뭇가지로 만든 소쿠리를 수초 아래에 대고 수초와 진흙을 발로 꾹꾹 밟으면 흙탕물이 맑은 물을 흐릿하게 만들어 버린다. 그때 숨어 있던 미꾸라지들이 도망쳐 나오는데 요놈들은 멀리 가지도 못하고 소쿠리 안으로 다 들어온다. 더운 여름에 물놀이도 하고 미꾸라지도 잡는 재미는 정말 신났었다.

아침 햇빛은 산등성이 너머에서 비춰온다. 햇살은 솔잎 사이의 작은 틈을 빠져나와 빨랫줄처럼 길게 뻗어 마당을 가로질러 대청 안까지 파고든다. 수십 수백 가닥의 빛줄기가 열을 지어 내리꽂히는 모양은 이곳이 아니면 보기 힘든 장관이다. 햇빛은 솔잎을 때리며 반짝이고 솔잎은 여리고 투명한 광채를 뿜어낸다. 키 작은 풀잎 위로는 희미한 안개가 솟아오른다. 그게 안개인지 구름인지 아니면 땅에서 오르는 김인지는 모르겠다.

한적한 시골, 평화로운 마을이었는데 이런 외딴곳에도 전쟁의 소용돌이는 비껴가지 않았다.

1950년 7월 20일 엄마는 이날을 음력 유월 초엿새로만 기억하고 있다. 이날은 큰아제(당숙)의 다섯 번째 생일이었다. 당시 우리 집에는 대가족이 함께 살고 있었다. 증조할머니, 할머니, 작은할아버지(종조부), 작은할머니(종조모), 아버지, 작은아버지(숙부), 엄마, 큰아제, 작은아제, 형 이렇게 열 명이 살고 있었는데 작은할아버지는 군에 입대를 했었다. 엄마는 시집온 지 1년도 채 안 됐을 때였다. 엄마의 고향 집에 비해 안채와 바깥채로 이루어진 이 집은 훨씬 더 넓었고 식구 수도 더 많았다. 집이 크고 딸린 식구가 많으니 뒤치다꺼리해야 할 일은 쉴 틈도 없이 이어졌다. 전답도 여기저기 있어서 파종부터 곡식과 채소를 가꾸는 일이 끊임없이 생겼다.

첫아들인 형을 낳은 지 세 달 가까이 되었지만, 여전히 해야 할 일은 많았고 더구나 위로 할머니 세 분이 있어서 마음대로 할 수 있는 일이 없었다. 엄마는 눈치를 봐가며 조심스럽게 행동할 수밖에 없었다. 좋은 점도 있긴 있었다. 부엌의 뒷문을 열면 장독대를 따라서 위쪽으로 산기슭이 이어지는데 일 년 사계절의 자연 변화가 한 눈에 들어왔다. 일에 지쳐 시름에 잠길 때 산기슭에 피어난 찔레꽃만 보아도 마음은 한결 편안해졌다. 안채의 양쪽 모서리 쪽에는 키 큰 감나무가 있었는데 해마다 홍시가 주렁주렁 열렸다. 홍시가 발갛게 달린 풍경을 보는 것만으로도 위안이 되었고 맛을 볼 때는 달콤하면서도 입안에 착착 달라붙는 게 좋았다.

갓 시집온 새댁은 속내를 털어놓을 마땅한 상대가 없었지만 고달프고 힘든 마음을 자연의 변화를 보면서 해소해 나갔다. 아버지는 다정다감하지는 못했지만 젊은 나이에 학교의 선생님으로 부임하여 마을 사람들로부터 존경을 받았다. 그것이 엄마가 갓 시집온 새댁이지만 마을 사람들과 스스럼없이 지내고 또 존중을 받으며 생활하는 데 도움이 되었다.

아버지와 작은아버지는 고향 집에서 20여 리 떨어진 안덕면의 산골짜기에 작은 움막을 만들고 피신을 가고 없었다. 이미 오래전부터 분위기가 뒤숭숭했고 몇 주 전부터는 포탄이 날아오는 소리도 들렸기 때문에 집에 머무를 수가 없었다. 젊은 남자가 집에 있으면 언제 잡혀갈지 알 수 없었기 때문에 낮에는 산속으로 피신하고 볼 일이 있으면 밤에 주위를 살펴가며 잠시 집에 왔다가 다시 밤에 산으로 돌아가야 했다. 포탄이 날아가는 소리는 '왱—', '왜-앵' 하고 났는데 이런 소리가 날 때는 집으로 오다가도 다시 산으로 들어가야 했다. 소리가 나고 잠시 뒤 '쾅' 하는 소리가 들렸다. 남자들이 군에 가거나 피신하고 없는 집에서 여자 네 사람과 아이 셋은 아침에 미역국을 끓여 생일 밥을 먹고 있었다.

엄마는 밥을 한 숟가락 떠넣고 앞산을 바라보았다. 산이 움직이고 있었다. 나뭇가지가 휘청휘청하고 잎사귀는 아래로 향했다가 다시 제자리로 돌아오면서 흔들리고 있었다. 바람도 불지 않고 비도 오지 않았는데 웬일일까?

'하루 이틀 본 산이 아닌데, 나무와 잎의 움직임만 봐도 바람의 세기와 비가 얼마나 오는지 짐작할 수 있는데 도무지 왜 저럴까?' 하는 생각도 잠시, 사람의 머리가 보이고 팔을 휘두르는 게 보이고 총을 들고 냅다 뛰는 게 보였다. 옷이 국방색의 얼룩무늬여서 첫눈에는 나뭇잎과 사람의 구분이 잘 안 되었다.

몇 주 전 처음 포탄 소리가 날 때 이미 남쪽으로 피난을 가야 한다는 소문이 꼬리를 물었다. 남자들은 잡히면 전장으로 끌려간다는 말에 마을의 남자들은 전부 피난을 갔고 아버지와 작은아버지도 산속으로 거처를 옮겼다. 간장, 된장, 고추장 등 독에 든 건 땅에다 묻었다. 옷과 귀중품도 땅을 파고 묻었다. 집 뒤편은 산비탈과 이어지고 안채와 바깥채의 뒤편에는 감나무가 있었는데 그 부근 몇 군데에 땅을 파고 묻었다. 그래도 다 묻을 수는 없었고 장독대에는 아직도 많은 독이 있었다. 미리 이렇게 준비를 해 두었지만, 막상 앞산에 인민군이 나타나자 마음이 급해졌다. 중조할머니는 안방으로 가서 혹시 치워야 할 게 있는지 살펴보고, 할머니는 사랑방과 골방으로 달려가고 엄마는 부엌으로 달려갔다. 마음만 급했지 다리는 부들부들 떨렸고 팔은 허둥거리기만 했다. 앞으로 어떤 일이 벌어질지 알 수가 없었고 또 사태가 어떻게 진행되어 갈지 짐작이 가지 않으니 마음이 더 불안했다. 그 시간은 짧았다. 허둥대고 있는 사이에 벌써 대문간에는 인민군이 들어서고 있었다.

산에서 내려온 인민군은 곧장 우리 집으로 들이닥쳤다. 개울가에서 우리 집으로 오려면 서너 집을 지나야 하는데 그 집들은 지나쳐서 우리 집으로 들어왔다. 우리 집은 그 마을에서 가장 크고 넓었다. 안채에는 사랑방, 안방, 골방이 있었고 중앙에 넓은 대청이 있고 앞쪽으로는 툇마루가 이어져 있었다.

바깥채에는 방 두 개가 있고 그 옆으로 마구간이 연결되어 있었다. 대문 옆에는 디딜방아와 헛간으로 쓰는 초가가 있었다. 세 동의 집이 전부 초가였는데 안채는 초가로서는 규모가 큰 집이었다. 마당은 꽤 넓었는데 아마 백 평은 넘을 듯했다. 그들이 다른 집을 거치지 않고 곧바로 우리 집으로 들어온 것은, 이미 사전에 마을의 상태를 조사했거나 누군가 정보를 알려준 내통자가 있었던 것으로 생각되었다.

그들은 우리 집을 인민군본부로 삼았다. 사랑방 앞 화덕 위에 놓여있는 가마솥을 떼어다 마당 중앙에 설치하고 국을 끓였다. 일부는 마을로 흩어져 식량과 먹을 것을 가져왔다. 이맘때는 곡식이 떨어져 다른 집에 가봐도 먹을 게 별로 없었다. 부족한 식량이지만 그들이 달라는데 토를 다는 사람은 없었다. 전쟁 중에 총과 칼을 차고 나타난 사람들 앞에서 목숨을 내놓을 만큼의 용기를 가진 사람은 없었다. 더군다나 마을엔 남자들은 없고 여자와 아이들뿐이었다.

그 마을에서 우리 집이 가장 잘 산다고 소문이 났다. 그들은 우리 집 뒤주도 뒤졌고 먹을 것을 찾기 위해 집 뒤쪽 대청 부엌 등을 다 훑었다. 다섯 살 큰아제는 총을 맨 사람들을 보고 겁을 먹었다. 증조할머니의 손을 잡고 따라다니며 "빨리 내줘라, 빨리 줘"를 외치며 울부짖었다. '하룻강아지 범 무서운 줄 모른다'는 말과는 다르게 다섯 살 아이가 어른보다 더 먼저 무서움을 감지했다. 증조할머니가 그들을 뒤주로 부엌으로 안내하고 그들이 쌀과 콩을 퍼내 갈 동안 엄마는 태어난지 세 달도 채 안 된 형을 꼭 끌어안고 있었다.

그들은 숫자가 많았다. 마당에 드러눕기도 하고 헛간에 기대앉고 뒤꼍 모퉁이에도 쪼그려 앉았지만 자리는 부족했다. 결국 마을 입구에 있는 감호 댁 집을 본부로 삼아 인원을 분산했다. 그들은 드러눕더라도 오래 있지는 않았다. 잠시 있으며 배를 채우고는 다음 사람들과 교대를 했다. 대부분 나이가 어려 보였다. 십 대 후반이거나 이십 대 초반으로 보이는 애송이였다. 지휘하는 몇몇 사람만 나이가 좀 들어 보였다. 그런 어린 애들이 무슨 생각을 하며 전쟁에 참여하고 있을까? 사상이며 이념이 뭔지 알고나 있을까? 그들이 말하는 '적화통일' 또는 '인민해방'이 어떤 것인지 알고나 있을까? 이도 저도 아니라면 애꿎은 젊은이들이 허황된 어른들의 욕심 때문에 목숨을 바치고 있는 게 아닐까? 전쟁은 실제 전투에 참여하고 있는 사람이나 옆에서 방관하고 있는 사람 모두에게 참비참한 생활을 강요했다.

그들 중에 편지를 쓰거나 책을 읽고 있는 사람은 한 명도 없었다. 가끔 영화를 보면 전쟁터의 한쪽 구석에 앉아 집에 있는 부모·

형제에게 편지를 쓰는 장면이 나오는데 엄마는 '그거 다 거짓말이야' 하고 말했다. 실제 수많은 인민군이 우리 집 마당에서 지내다 갔는데 그중에 편지를 쓰는 사람은 한 사람도 없었다고 한다.

우리 집이 있는 마을은 고무실이라 불렸다. 앞산을 넘으면 당말이란 마을이 있고 뒷산을 넘으면 능남이란 마을이 있었다. 마을에서 면 소재지인 도평가는 방향으로 진두들이란 마을이 있는데, 당말과 진두들은 고무실보다 가구 수도 더 많고 마을 앞이 더 넓게 트여 있었다. 그런데 그들은 왜 고무실에다 본부를 차렸을까? 고무실은 앞산과 뒷산에 끼어 넓지도 않다. 어쩌면 멀리서 볼 때 산 사이에 끼어 있어서 위장하기가 좋았을지도 모른다. 그들의 판단 기준은 잘 모르겠지만, 결과적으로 그들의 판단은 옳았다. 당말과 진두들은 폭격을 맞고 포탄이 떨어졌지만, 우리 마을에는 포탄이 떨어지지 않았다.

포탄이 날아가는 소리는 '왱—', '왜—앵' 거린다. 이런 소리가 들리거나 비행기 소리가 들리면 부리나케 피난을 가야 했다. 언제 집 마당에 떨어질지 모르니까 허겁지겁 아이 셋을 둘러메고 뛰어야 했다. 마을 앞을 흐르는 개울을 따라 위로 이삼백 미터 정도 가면 청석으로 된 편편한 곳이 나온다. 위에서 내려오는 물은 그 청석을 끼고 흐르고 청석 아래는 물웅덩이가 있다. 물은 맑고 물고기도 많았다. 크기는 작았지만 피라미, 버들치, 메기도 있었다. 어릴 때 그 웅덩이에서 물고기도 잡고 목욕도 했었다. 물가에는 큰 나무가 있었는데, 여름에는 나뭇잎이 무성하게 자라 청석을 다 뒤

덮어 줬다. 몸을 숨기기에는 좋은 자리였다. 피난을 가서 그곳에서 잠을 잔 날도 많았다.

한 번은 포탄 소리가 들려 집에서 뛰쳐나왔는데, 포탄 소리가 너무 가까이서 들리는 것 같아서 엉겁결에 길옆의 논둑 아래에 엎드렸다. 엄마는 형을 안고 뛰니까 빨리 갈 수도 없었다. 뒤따라 오던 작은아버지가 그걸 보고 "형수요, 거기 있으면 사람들 뛰어가다 밟아요. 창자 터져요." 하는 소리에 다시 뛰어간 적도 있었다.

포탄이 날아오면 무조건 땅에 바싹 엎드리라는 말을 들었기에 이때는 그런 행동이 몸에 뱄었다. 청석 위에서 잠을 잘 때는 거적때기를 깔고 얇은 이불이나 옷가지 하나를 배에 얹고 잠을 잤다. 모기는 밤새 날아다니고 벌레도 많았다. 어른들은 모기에 물려도 며칠 있으면 나았는데 이제 두 달 좀 넘은 형은 피부가 너무 여려서 모기 물린 자리가 낫지 않았다. 특히 눈 밑에 물린 자리는 발갛게 부풀어 오르다가 고름이 생겨 눈보다 큰 종기가 되어 버렸다. 약도 없고 해줄 수 있는 거라곤 고름을 빼주는 것밖에 없었다. 집 앞대문 옆에 대추나무가 있었는데 대추나무 가시를 잘라서 그걸로 종기를 째고 고름을 뺐다. 이 일을 여러 번 했다. 고름을 빼고 나면 또 고름이 생겨 종기가 커지고 또 종기를 째고……. 그럴 때마다 형은 죽을 듯이 울어댔다. 지금도 형의 눈 밑에는 그때의 종기 자국이 남아 있다.

가끔 뱀도 그 옆을 지나갔다. 어느 새벽에 눈을 떴는데 개울에서 산비탈로 올라가는 곳에 능구렁이가 똬리를 틀고 있었다. 잠자는 곳과 불과 3~4미터나 될까? 능구렁이 큰놈은 애들 팔뚝보다 굵다. 힘도 세다. 능구렁이가 굴속에 몸을 감추고 머리만 내밀고 있을 때 그 머리에 올가미를 걸어서 끄집어내는 것을 본 적이 있다.

어른 두 사람이 당겨도 움쩍도 하지 않았다. 어른 세 사람이 한참 끙끙거리며 당긴 후에야 몸체가 빠져나왔다. 시골의 초가집에서는 간혹 능구렁이를 발견할 때가 있는데 집 안에 있는 능구렁이는 잡지 않는다. 이것을 집을 보호해주는 수호신으로 여겼다. 능구렁이는 독이 없으므로 그리 겁을 내지 않는다. 그 날 아침 해가 떠오를 무렵 그 능구렁이는 소리 없이 사라졌다. 독사도 그 주위를 다녔다. 독사는 손가락만 한 굵기지만 독이 있어서 위험하다. 그렇지만 사람이 먼저 공격하지 않으면 독사가 먼저 공격하지는 않는다. 독사는 빠르다. 덩치가 큰 능구렁이는 소리 없이 지나가지만, 독사가 지나갈 때는 '쉬—잇', '싸싹' 하는 소리가 난다. 처음 피난처에서 밤을 보낼 땐 캄캄한 어둠에서 이런 뱀이 나타날까 봐 두렵고 무서웠지만, 나중에는 뱀을 보더라도 무심히 넘길 수가 있었다.

살쾡이가 나타나기도 했다. 개울 위쪽의 산기슭에 수풀이 우거진 곳이 있는데, 밤중에 그곳에서 푸른빛 두 개가 번득거렸다. 엄마는 잠결에 푸른빛을 보고 이상한 느낌이 들어 고개를 들고 한참을 바라보았다. 그 푸른빛도 움직이지 않고 엄마를 바라보았다. 살쾡이는 날카로운 발톱과 이빨을 가지고 있다. 작은 동물을 잡아먹고 산다. 호랑이가 없는 산에서는 살쾡이가 대장 노릇을 한다. 간혹 민가로 내려와 닭을 잡아먹기도 했다. 닭장에 철사 그물을 둘러쳐 놓았어도 그물 밑을 파헤치고 들어오기도 하고 문을 비집고 들어오기도 했다. 우리 집도 그런 일이 있어서, 닭장의 아랫부분을 더 촘촘한 그물망으로 둘러쳤었다. 그렇지만 살쾡이를 직접 대면한 것은 그때가 처음이었다. 푸른빛을 바라보는 동안 엄마의 온몸에는 소름이 돋아 올랐고 무섭기도 했다. 달빛이 희미하게 비치는 날이었는데 갈색으로 보이기도 하고 검은색으로 보이기도 하는 털을 갖고 있었다.

너구리도 나타났다. 너구리는 잡식성이다. 이놈도 간혹 민가로 내려와서 닭을 잡아먹기도 했다. 너구리는 개울가에서 몸을 드러냈다. 아마 물고기를 잡으러 온 것 같았다. 물고기는 엄마가 잠자고 있는 바위 아래의 웅덩이에 가장 많이 있는데 사람들이 있으니까 내려오지 못하고 위쪽의 얕은 개울에서 머뭇거리고 있었다. 너구리는 짙은 회색의 털을 갖고 있었다.

야생의 동물들이 이렇게 나타나고 잠자리 주위를 배회했지만, 사람이 먼저 공격하지 않는 한 그놈들이 먼저 해코지하려고 달려들지는 않았다. 피난처에서 지낼 때 밥은 집에서 해서 가지고 갔다. 인민군들은 마당에다 가마솥을 걸어놓고 밥도 하고 국도 끓이고 했지만, 부엌은 사용하지 않았다. 엄마는 부엌에서 밥만 부리나케 해서 큰 함지박에 퍼담아 골짜기로 가져갔다. 감자와 보리밥이 전부였고 반찬은 된장과 고추장뿐이었다. 비행기 폭격이 있거나 총알이 날아다니는 날에는 그곳에서 먹고 자고 지냈다.

피난처에서 50여 미터 올라가면 우리가 '양지'라고 부르는 산이 있다. 그 산의 중턱에 증조할아버지의 묘가 있는데, 피난처에서는 나무에 가려 묘지가 보이지 않지만, 묘지에서는 나무 사이의 공간을 통해 피난처가 내려다보였다. 지금은 할아버지의 묘를 이장했지만, 그 당시에는 할아버지의 묘도 그 산의 중턱에 있었다. 그곳은 햇빛이 잘 스며들고 앞이 탁 트여 있어서 아래쪽의 움직임이 잘 내려다보였다. 그래서 캄캄한 밤중에도 편안하게 잠을 잘 수 있었던 게 이 두 할아버지의 음덕 때문이 아니었을까 하고 엄마는 생각했다.

포탄 소리도 나지 않고 비행기 폭격도 없는 날에는 집에서 잠을 잤다. 인민군이 집과 마당을 차지하고 있었지만 좋은 점이 두 가지 있었다. 첫째는 이들이 방은 절대 침범하지 않았다는 것이다. 마당과 헛간, 축담에는 제 마음대로 드러눕고 설쳐 댔지만, 방안은 할머니들과 엄마와 아이들의 공간으로 남겨 두었다. 피난을 갔던 것은 포탄이 집에 떨어질 수도 있고 포탄이 떨어지는 곳에서는 국군과 인민군의 전투가 벌어지기도 했기 때문이었다. 둘째는 이들이 할머니들과 엄마에게 말을 함부로 하지 않았다는 것이다. 비록 식량을 찾기 위해 겁을 주고 다그치기는 했어도 항상 존칭을 사용했다. 아마 그들이 말하는 '인민들'에게 인심을 잃지 말라는 교육을 단단히 받고 온 듯했다. 그들이 집을 점령하고 식량과 곡식을 전부 강탈해 갔지만, 사람을 해코지하지 않았다는 것에 대해 엄마는 지금도 고맙게 생각하고 있다.

인민군들은 커다란 가마솥에 끓인 국을 한 사발씩 떠먹고 전투를 하러 나갔다. 나갈 때는 멀쩡하던 사람이, 돌아올 때는 나무막대기를 짚으며 부러진 다리를 질질 끌고 오기도 했고, 팔다리에 피를 흘리고 오기도 했다. 한 사람은 배를 움켜쥐고 돌아왔는데 마당에 드러누워 치료를 받았다. 배 한 쪽이 길쭉하게 터져 피가 흐르고 있었는데 내장이 흘러나올 정도는 아니었다. 아마 복부의 피부가 깊게 패인 것 같았다. 약 한 가지가 치료의 전부였다. 팔이든 다리든 복부든 그 약을 바르고 헝겊 조각으로 칭칭 동여매는 게 치료의 끝이었다. 사람의 목숨이 질기다는 걸 그때 알았다. 다쳤다고 해서 그냥 마당에 누워서 쉬는 게 아니었다. 움직일 수만 있다면 또다시 몸을 끌고 전장으로 나갔다. 살고 죽는 건 하늘의 뜻에 맡긴다는 말을 그때 실감 했다.

전투는 주로 갈기재에서 많이 일어났다. 그곳은 집의 뒷산 방향인데 고무실에서 능남으로 넘어가는 사이의 산허리로, 가파르지 않고 높지도 않은 좀 밋밋한 산이었다. 간혹 앞산에서 그쪽으로 포탄이나 총알이 날아가기도 했다. 포탄이 날아갈 때는 새파란 불꽃이 날아가는 것처럼 보이고, '왱―', '왜―앵' 거리며 날아갔다. 그걸 보는 순간에는 오금이 저리고 가슴이 섬뜩섬뜩했다. 포탄이 앞산에서 뒷산으로 날아갔으니 망정이지 그게 중간에서 떨어졌다면 어떻게 되었을까? 그런 생각을 하면 다리가 후들거렸다.

인민군은 비행기를 무서워했다. 비행기에 대해서는 대적할 방법이 없는 듯했다. 마당에서 가마솥에 불을 떼다가 비행기 날아가는 소리가 나면 얼른 가마니와 거적때기로 불꽃을 가렸다. 혼자서는 다 가릴 수가 없어, 여러 사람이 빙 둘러서서 솥 위까지 다 가렸다. 그래서 불을 피울 때는 항상 몇 사람이 불 옆에 대기하고 있었다. 불꽃이 보이고 연기가 많이 오르면 그곳이 폭격지점이 될까 봐 주의를 많이 하는 눈치였다.

그들은 배가 너무 고팠다. 우리 집 뒤주에서 콩도 가져가고 보리쌀도 가져갔지만, 그것만으로는 그 많은 사람의 배를 채울 수 없었다. 장날이 돌아왔다. 시골장은 5일마다 열리는데 면 소재지인 도평에서 열렸다. 그들은 떼거리를 지어 도평장으로 가서 우시장을 덮쳤다. 농가에서 소는 가장 큰 재산이자 농사에서 없어서는 안 될 중요한 도구였다. 농기계가 없을 시기였으므로 논을 갈고 밭을 일구는 것은 전부 소가 대신해 주었다. 그래서 농부들은 소를 애지중지하고 자식처럼 여겼다. 그들은 우시장 주변을 살피다가 큰 소 세 마리를 찾아내고는 다짜고짜 장터에 분탕질하고 사람들을 위협하면서 소를 빼앗았다. 시장은 엉망이 되었고 사람들은 살기 위해 또 다치지 않기 위해 골목으로 도망도 가고 건물 벽으로 달라붙기도 했다.

국군은 아직 나타나지 않았고 사람들은 힘이 없었다. 전쟁 중이라는 걸 알고 있는 사람들이 총 앞에 대항할 수는 없었다. 그들은 의기양양하게 빼앗은 소 세 마리를 잡아서 그 고기를 들고 우리 집으로 들어 왔다. 한동안 그들은 고기를 삶고 국을 끓여 배를 채웠다. 다 익지도 않은 고기를 끄집어내 뜯어먹고 국물 한 그릇을

후루룩 마신 뒤 산으로 올라갔다. 그리고 교대로 내려온 사람들
이 또다시 고기를 뜯어 먹고 국물 한 그릇을 마셨다. 마지막에 소
뼈만 남았을 때 그들은 뒤주에서 밀을 가져와서 대문 옆 행랑채에
있던 디딜방아에 넣고 엄마와 할머니에게 빻아 달라고 했다. 말은
존칭을 써서 하지만 강압적인 그들의 말을 거절할 수는 없었다. 할
머니와 엄마는 하루 종일 매달려 그 밀을 빻아 주었다. 그들은 소
뼈만 남은 솥에 물을 가득 붓고 빻은 밀가루로 수제비를 만들어
서 한 그릇씩 후딱 해치웠다. 그들은 한창 젊은 나이인지라 뭐든
잘 먹었다.

장터에서 뺏어온 명태도 그런 식으로 물을 부어 끓여서 한 그릇
씩 마시고는 산으로 올라갔다. 시장의 것이든 마을의 것이든 그들
의 눈에 들어온 것은 남는 게 없었다. 그것도 오래가지 못했다. 사
람의 입은 정말 무서웠다. 입의 숫자가 많은 데다 전투 중에 체력
소모도 많으니 먹을 건 늘 부족했다. 우리 집에서는 닭을 30여 마
리 키우고 있었고 개도 세 마리 있었다. 그들은 그것도 가만두지
않았다. 한 마리 한 마리씩 잡아먹더니 결국 닭을 다 잡아먹고 개
조차 잡아먹었다. 우리 집뿐만 아니라 마을의 다른 집에서 키우는
개와 닭도 다 잡아먹었다. 이제 우리 집에 남아 있는 가축은 소 세
마리가 전부였다. 그들은 아직 그것은 손대지 않고 있었는데 그
소의 운명이 어떻게 될지 불안하기 짝이 없었다.

밭에는 콩과 옥수수가 익어가고 있었다. 콩은 주로 노란색의 콩
을 심어서 메주도 만들고 콩나물도 키워서 일 년 내내 먹을 양식

이었다. 때로는 콩잎으로 장아찌도 담가서 겨울철 채소가 없을 때 유용하게 반찬으로 삼았다. 콩잎을 차곡차곡 뜯어서 장날에 가서 파는 사람도 있었다. 콩이 다 익으려면 한 달은 족히 더 기다려야 할 때였다. 옥수수는 이미 먹을 수 있을 만큼 여물었다. 옥수수도 식량으로 대용했었다. 특히 여름에는 곡식이 떨어질 무렵이므로 옥수수로 한 끼를 때우는 경우도 있었다. 그들은 이것도 그냥 두지 않았다. 처음에는 옥수수를 따 먹고 나중에는 아직 덜 여문 콩도 다 따서 볶고 삶아서 먹었다.

그들이 우리 집에 인민군본부를 차린 지 두 달 가까이 되었을 무렵 비행기가 더 자주 날아다녔다. 소문으로는 국군이 올라오고 있다는 말도 있었다. 인민군의 움직임도 더 부산하게 움직이는 것 같았다. 그렇지만 확인할 수도 없었고 어느 말이 맞는지 알 수도 없었다. 그들의 움직임이나 행동거지로 봤을 때 어쨌든 위태위태 한 일이 일어날 것 같은 예감은 들었다.

가장 큰 전투는 갯들에서 벌어졌다. 고무실에서 내려오는 개울과 당말에서 내려오는 개울이 일차로 합쳐지는 곳이 새들이다. 그곳에서 조금 내려와서 능남에서 내려오는 개울과 다시 합쳐지는 곳이 갯들이다. 갯들 바로 앞의 마을은 진두들이다. 갯들에는 자갈이 많이 깔렸고 개울과 자갈밭의 폭이 상당히 넓다. 홍수가 질 때는 그 전체가 물바다가 되기도 했다.

국군은 면 소재지인 도평에서 치고 올라왔다. 인민군은 우리 마을의 본부인원을 중심으로 해서 산기슭에 있었다. 비행기가 하늘에서 먼저 폭격을 하고 국군이 진격해 왔는데 맞닥뜨린 곳이 갯들이었다. 그곳에서 전투가 일어날 동안 집에서도 총소리 기관총 소리 폭격 소리가 다 들렸다. 그 전투에서 인민군은 많이 죽었다.

어둠이 내릴 무렵 전투는 소강상태에 접어들었고 인민군도 퇴각했다. 인민군은 퇴각하면서 죽은 동료들을 갯들에 그대로 묻었는데, 자갈밭인 데다 도망치기에 급급해서 제대로 묻지도 않아 시체가 드러나 보이는 게 많았다. 마을 사람 중에는 그곳을 지나다가 사람 우는 소리를 들은 경우도 있다고 했다. 아마 완전히 숨이 끊어지지 않은 사람이었을 것이다.

갯벌 전투 후 인민군의 기세는 많이 떨어졌다. 그들은 후퇴할 준비를 서둘렀다. 마지막까지 남아있던 쌀을 뒤주에서 다 꺼내서 떡을 만들었다. 떡을 하고 남은 쌀은 밤새 볶았다. 콩도 다 끄집어내서 볶았다. 세 할머니와 엄마가 동원되어 그 일을 했다. 할머니들과 엄마는 계속 선 자세로 볶고 끄집어내고를 반복하니까 손이 다 부르트고 다리와 허리가 아파서 제대로 서 있을 수도 없었다. 그렇지만 끝날 때까지 멈출 수도 없었다. 그들은 시간이 급했다. 재촉하고 또 재촉했다.

그 사이에 비행기 소리가 나면 그들은 일시에 달려들어 불을 가렸다. 하루가 꼬박 걸려 그 일이 끝났다. 그리고 그들은 만들어진 떡과 볶은 것을 한 톨도 남기지 않고 마대에 담았다. 떠나면서 그들은 인사를 남겼다.

"아주머니 입방댕이 뻐지도록(입이 부서지도록) 먹으세요."

한 톨도 남기지 않고 다 쓸어가면서 인사말은 입이 부서지도록 씹어 먹으라 하고는 떠났다. 떠날 때 그들은 그때까지 남이 있던 소 세 마리를 마구간에서 끌고 나왔다. 증조할머니는 그 소를 뺏기는 건 참을 수 없었다. 암소와 황소 그리고 송아지였는데 증조할머니는 암소의 목줄을 허리에 둘러 감고 마당 한 귀퉁이에 서서 버텼다. 그 암소는 새끼 때부터 길러 와서 정이 많이 들었었고, 당시에 그 일대에서 가장 큰 암소 였다.

소를 길러 보면 알겠지만, 소는 참 영물이다. 소는 주인을 알아보고 주인과 감정을 공유한다. 멀리 있다가도 주인을 보면 다가온다. 주인이 화를 내고 고함을 치면 시무룩해지고 눈물을 흘린다. 주인이 기뻐하면 신이 나서 걸음도 사뿐사뿐 신나게 걷는다. 더구나 튼튼한 암소는 튼실한 새끼를 낳는다.

증조할머니는 그 암소를 뺏기지 않으려고 목줄을 허리에 감고 있었지만, 그들은 증조할머니를 밀치고 소 줄을 뺏었다. 증조할머니는 땅바닥에 넘어진 채 끌려가는 소를 멀거니 바라보았다. 암소는 끌려가면서 돌아보고 또 돌아보았다. 눈에는 그렁그렁 눈물이 맺혀 있었다. '음매', '음매—' 울면서 고개를 계속 돌렸다. 그들은 가지 않으려는 소를 앞에서 끌어당기고 뒤에서 엉덩이를 때리면서 끝내 끌고 갔다.

그들은 들어올 때 왔던 앞산 길로 다시 돌아갔다. 그 길로 간 것은 아마 월매를 지나 보현산을 넘기 위해 그 길을 간 것 같다. 아래쪽의 평평한 길에는 국군이 있어서 산길을 택한 것 같다. 그렇게 전쟁은 끝이 나고 인민군은 물러갔다. 그날은 추석 전날이었다. 인민군이 우리 집에 본부를 차린 지 두 달하고도 5일이 지나서였다. 추석에는 피신 갔던 아버지와 작은아버지도 돌아와서 오랜만에 가족이 모여서 추석의 둥근 달을 볼 수 있었다.

그때까지도 갯벌에는 피비린내가 사라지지 않았고 화염 냄새도 남아 있었지만, 보름달은 여느 때와 마찬가지로 둥글게 둥글게 떠올랐다.

생生과 사死의 경계

　　　　　나의 외가인 엄마의 고향 집은 안덕면의 면 소재지에 있다. 나의 고향 집과는 이십 리 정도 떨어져 있는데 나의 고향동네는 산골에서 전쟁이 일어나기 전까지는 조용했다. 인민군이 우리 집에 본부를 차리고 있을 동안에 먹을 것은 모조리 빼앗아 갔지만, 건물을 부수거나 민간인을 해치는 일은 하지 않았다. 살고 있던 주민들도 대대로 그 마을에서 같이 살아온 사람들이고 서로 너무 잘 알고 있는 사이라서 그런지 좌익활동을 한답시고 분탕질을 하는 사람도 없었다. 오래전부터 내려오는 전통에 따라 서로 일도 거들어주고 사람들 간에 이간질하는 일은 발생하지 않았다.

　외가가 있는 안덕은 면 소재지여서 장터도 있고 면사무소 주재소(파출소)도 있고, 시골 치고는 다소 번잡한 곳이었다. 엄마는 전쟁이 나기 한해 전 1949년에 외가에 머무르고 있었다. 아버지와 결혼은 했지만 1년 간은 외가에서 살기로 했다. 그곳에서는 좌익 활동이 전쟁이 일어나기 1년 전부터 있었다. 지금도 엄마는 그들을 빨갱이라고만 부른다. 그들은 밤만 되면 사람들 눈을 피해 관공서와 큰 건물을 공격목표로 삼고 돌을 던져 부셨다.

엄마는 그 날 장터 부근에 있는 친구 집에서 놀고 있었다. 밤이 되자 갑자기 '우당탕, 와장창' 하면서 유리창 깨지는 소리, 건물이 부서지는 소리, 돌멩이 같은 게 떨어지는 소리가 났다. 엄마와 친구는 방에서 나와 골목 담벼락에 숨어서 빨갱이들이 장터를 돌아다니며 가게를 부수고 주재소와 면사무소의 유리창을 깨는 것을 구경하였다. 그러다가 갑자기 들킬까 겁이 나서 각자 집으로 달려갔다.

외가로 온 엄마는 이불을 뒤집어쓰고 가쁜 숨을 몰아쉬었다. 외할머니는 쌕쌕거리며 숨을 헐떡이는 엄마를 보고 "어디 갔다 쫓겨왔나?" 하면서 다그쳤다. 엄마가 보고 들은 걸 얘기하자 "절대로 밖에 나가서 얘기하지 마라" 하며 다짐을 받았다. 보고 들은 걸 얘기하거나 구경하는 걸 누군가 본 사람이 있으면 주재소에 불려가서 취조를 받아야 했다. 혹시 일이 잘못되면 불상사가 일어날 수도 있으니까 밖에 나가지도 못하게 했다. 그때 엄마는 형을 잉태하고 있었다. 어쩌다 일이 잘못되어 배 속의 아기에게 피해가 가면 큰일이니 외할머니는 걱정을 안 할 수 없었다.

밤에 그런 일이 생기면, 다음 날 아침부터 순경들은 몇 사람씩

줄을 지어 집집이 방문해 가담자를 색출하러 다녔다. 네 사람 또는 다섯 사람이 마치 제식훈련 하듯이 줄을 지어서 한쪽 다리에는 방망이를 차고 돌아다녔는데 그걸 보는 것만으로도 위협적이었다.

"지난밤에 밖에 나간 사람 없느냐?"

"밤에 일이 발생하는 걸 본 사람이 없느냐?"

집을 찾아다니고 골목을 다 돌아다니며 의심이 가는 사람은 데려갔다. 그들이 데려간 곳은 외가 바로 앞에 있는 작은 교회였다. 주재소가 협소해서 그 교회에 데려다 놓고 취조를 했다. 순경들이 취조를 해서 가담자를 찾아냈는지 또는 몇 사람을 끌고 갔는지 하는 것은 잘 모른다. 그 뒤로 외할머니가 엄마뿐만 아니라 외삼촌들까지 밖으로 못 나가게 단속을 했기 때문이다. 혹시라도 꼬투리 잡힐 수도 있으니 아예 처음부터 차단하기 위함이었다. 그렇지만 동네 사람들은 누가 의심이 가는지 대충 알고 있었다. 엄마도 대충은 누가 빨갱이인지 짐작은 하고 있었다. 다만 밖에 나가서 남에게 얘기하지 않고 순경에게 발설하지 않았을 뿐이었다. 발설하게 되면 주재소에 불려다니는 것도 피곤하지만, 그 빨갱이들로부터 보복을 당할 수도 있어서 쉬쉬하고 있었다.

나중에 전쟁이 끝나고 나서 알게 된 것이지만 그 당시 의심이 갔던 사람들은 전쟁 이후에 아무도 고향에 돌아오지 못했다. 그들이 북으로 끌려갔는지 아니면 전쟁 중에 죽었는지조차 알 수 없었다.

전쟁이 시작되고 인민군이 들어올 무렵에 외가의 가족들은 산골짜기로 피난을 갔다. 이때 엄마는 시집으로 가고 없었다. 비행기는 수시로 날아오고 희미하던 포탄 소리는 점점 가깝고 크게 들렸다. 사람들 사이에 피난을 가야 한다는 소문이 많이 돌았다. 집에 머물러 있기에는 너무 불안해서 가족들은 산으로 피난을 갔다. 피난처에서도 폭격 소리는 들을 수 있었다. 총소리도 계속 들렸고 포탄과 총알이 날아갈 때 나는 빛줄기도 볼 수 있었다. 포탄이 떨어지는 소리는 주로 면 소재지의 건물이 많은 쪽에서 났다. 은근히 불안한 마음이 들었지만, 전쟁 중에는 집이 안전한지 확인할 길이 없었다. 두 달가량 지나서 인민군이 물러갔다는 소문을 듣고 산에서 내려와 집으로 갔다. 그런데 집은 없었다. 집이 있던 자리는 폐허로 변해 버렸다. 집이 폭격을 맞아 형체도 없이 주저앉아 버렸고 당장 들어가서 앉을 자리도 없었다.

사람이 생존경쟁에서 살아남으려면 무엇이 가장 필요할까? 라는 물음에, '의지력이 강해야 한다. 자립심이 있어야 한다. 난관을 참고 견디는 인내와 끈기가 있어야 한다. 창의력이 있어야 한다. 새로운 일에 대한 도전의식이 있어야 한다.' 라는 답을 많이 한다. 그러나 전쟁이 일어나고 있는 상황에서 이런 말은 아무런 소용이 없는 것 같다. 총알이 날아다니고 포탄이 떨어지고 있는 상황에서 언제 그 총알과 포탄이 나에게로 향할지 알 수가 있을까? 전투에 참여하고 있는 사람이야 서로를 향해 총을 겨누겠지만 참여하지 않는 일반인도 그 대상에서 제외되지는 않는다. 전쟁의 땅에서 살아남기 위해서는 앞날을 내다보는 능력이 가장 중요하다. 내일의 일을 점칠 수 있다면, 미래를 예측하는 눈을 가진다면 전쟁에서도 분명히 살아남을 것이다. 이미 발생해버린 일에 대해서 '만약'이란 말은 아무런 도움이 되지는 않지만, 만약 그때 피난을 가지 않았더라면 나는 외가의 가족들을 볼 수가 없었을 것이다.

부서져 버린 집에서도 사람은 살아남아야 했다. 외할아버지와 외할머니, 이모와 외삼촌은 우선 비와 바람만 막을 수 있게 움막을 지었다. 부서진 나무토막을 기둥으로 세우고 거적때기로 천장과 벽을 막고 움막을 지어 살았다. 나중에 국군이 들어오고 사회가 안정을 찾은 후에 다시 집을 지었다.

내가 앞날을 내다보는 능력이 중요하다고 말하는 이유에는 하나가 더 있다. 피난처에서 집으로 돌아올 때 큰외삼촌의 나이는 16세, 작은외삼촌의 나이는 14세였다. 그 나이의 젊은 사람은 눈에 보이면 다 잡혀갔다. 그래서 집집이 여자들만 남고 젊은 남자들은 모두 피신을 갔다. 외삼촌 둘은 인민군이 후퇴했다는 소문을 듣고 집으로 돌아왔다. 그런데 그 소문은 일부는 맞고 일부는 틀렸다. 인민군이 후퇴 하긴 했지만, 후퇴할 일부가 남아 있었다. 외삼촌들은 인민군이 후퇴하고 국군이 들어왔다는 소문을 듣고 집으로 왔다가 인민군에게 붙잡혔다.

인민군은 후퇴하면서 식량과 무기를 가져가기 위해 마을의 젊은 사람들을 붙잡아 갔다. 여러 사람이 붙잡혀 갔는데, 큰외삼촌과 작은외삼촌도 지게에 식량과 무기를 지고 짐받이로 끌려가게 되었다. 지게를 지고 가는 사람이 앞장서고 인민군은 뒤에서 총을 들고 감시하면서 걸어갔다. 후퇴하는 처지인지라 도중에 쉬지도 못하고 계속 걸어가니 다리도 아프고 몸도 지쳐 갔다. 짐을 진 사람도 지치지만, 인민군도 지치기는 마찬가지였다. 걸음도 차츰 느려졌다.

도평에서 죽장면으로 넘어가는 도중에 이밤산이라는 곳이 있다. 큰외삼촌과 작은외삼촌은 그곳에 오르게 됐다. 그들이 앞장서서 걸어가고 인민군은 뒤따라 오는데, 인민군은 국군이 있는지 사방 경계를 하며 오느라 거리가 많이 벌어졌다. 다른 짐꾼들은 인민군과 가까이 붙어서 왔지만, 외삼촌 둘만 먼저 앞쪽에 나섰다. 산을 반쯤 올랐을 때부터 화염 냄새가 나고 비린내도 풍겨오기 시작했다. 중턱을 지나서 산등성이에 거의 다다를 무렵에는 피비린내가 진동했다.

둘러보니 인민군이 여기저기 죽어 나자빠져 있었다. 어떻게 알았는지 까마귀들이 나뭇가지에서 죽은 사람들을 향해 '까아악 까아악' 울어대고 있었다. 흘러나온 피가 완전히 응고되지 않은 거로 봐서 죽은 지 오래되지는 않은 것 같았다. 아마 앞서서 후퇴하던 인민군과 국군이 전투를 벌여 인민군이 많이 죽은 것 같았다. 그 순간 큰외삼촌은 작은외삼촌에게 작은 소리로 빠르게 말했다.

"여기서 도망치자. 지금이 아니면 기회가 없다."

뒤를 돌아보니 감시하며 따라오는 인민군은 아직 보이지 않았다. 외삼촌들은 지게를 옆 골짜기에 던져버리고 죽은 사람 옆에 죽은 듯이 누웠다. 큰외삼촌은 죽은 사람의 피 묻은 팔을 자신의 등에 걸쳐놓고 엎드렸다. 작은외삼촌은 좀 떨어진 곳에 엎드려서 죽은 사람의 다리를 자신의 다리에 걸쳐 올렸다. 엎드려 있으니 화염 냄새, 사람의 피 냄새, 나뭇잎이 썩는 냄새가 섞여서 숨쉬기도 어려울 지경이었다. 코가 땅으로 박혀 있으니 피할 재주도 없었다. 그렇지만 참고 견뎌야 했다. 여기서 들키면 더 이상 산목숨이 아니었다. 한참 있으니 뒤따라 오던 인민군들의 소리가 들렸다. 그들도 죽은 인민군의 시체를 본 것 같았다. 혹시나 국군이 있을지 모르니 더욱 조심해서 주위를 살펴가며 지나갔다. 다행히 외삼촌들이 죽은 체 엎드려 있는 것을 발견하지 못했다.

그들이 지나간 뒤에도 큰외삼촌과 작은외삼촌은 일어날 수가 없었다. 인민군이 어딘가에서 숨어서 지켜볼 수도 있고, 다른 인민군이 그곳으로 후퇴하면서 그들을 발견할 수도 있었기 때문이었다. 그 상태로 밤이 되기를 기다렸다. 벌레들은 사람 죽은 냄새를 맡고 몰려들었다. 시간이 지나면서 냄새는 점점 더 독해졌다. 사람의 피 냄새에서 비릿한 냄새가 그렇게 독하게 나는지 그때 처음 알았다. 바람은 스산하게 불었다. 몸은 점점 뻣뻣해졌다. 아주 조금씩 소리가 나지 않을 만큼 몸을 뒤틀어가며 버텼다. 다행히 추운 날씨가 아니어서 햇빛이 없어도 몸이 얼지는 않았다. 추위와 배고픔은 문제가 아니었다. 몸을 움직이지 않고 엎드린 자세로 가만히 있는 게 너무 힘들었고 그 지독한 냄새를 견디는 게 힘들었다.

그때 엎드려서 기다린 시간은 왜 그리 길었던가. 삼촌들은 지금도 그 순간을 떠올리면 온몸에 전율이 흐른다. 어둠이 내리고 주위를 분간하기 어려울 때가 되어서 큰외삼촌은 작은외삼촌에게 손짓했다. '이제 가자. 일어서지 말고 굴러서 가자.'

두 사람은 산 아래까지 굴러 내려왔다. 일어섰다가 혹시라도 발각되는 경우엔, 삶은 끝이었다. 목숨이 붙어 있느냐 아니면 여기서 죽음을 맞느냐 하는 촌각을 다투는 상황이라 구르다가 몸이 여기저기 부딪혀도 아픈 줄도 몰랐다. 나무 그루터기와 돌에 걸려서 신발은 다 벗겨져, 산밑에 도달했을 때에는 맨발이었다. 그렇게 해서 살아서 집으로 돌아왔다. 당시 같이 출발했던 다른 짐꾼들은 아무도 돌아오지 못했다. 그들이 인민군을 따라 북으로 넘어갔는지 아니면 도중에서 죽었는지는 알지 못한다. 아마 그 인민군조차 북으로 넘어가지 못하고 태백산맥 어딘가에서 거름이 되었는지도 모른다.

보릿고개

엄마는 일제의 강점기 시대에 어린 시절을 보냈다. 태어나서 11살까지 고향 집에서 자랐는데 그때는 우리나라가 해방되기 3년 전이다. 이 무렵 일제의 식량 수탈은 아주 심했다. 농사를 지어 수확할 때가 되면 일본 순사가 칼을 차고 집집이 돌아다니면서 곡식을 거둬 갔다. 쌀과 보리 밀 콩 등 수확하는 것은 종류와 관계없이 보는 대로 뺏어 갔다.

일본 순사가 단독으로 오는 경우도 있었지만, 그들만 와서는 어느 집에 무엇을 수확하는지 잘 알 수가 없으므로 동네구장(이장)이 함께 와서 집을 뒤져가며 뺏어 갔다. 동네구장은 그 마을의 사정에 밝으므로 어느 집이 어떤 농사를 많이 짓는지 잘 알았다. 정상적으로 수확하더라도 곡식은 늘 부족했다. 먹을 양식은 모자라는데 그마저 일본놈들이 뺏어가니 수확 때는 곡식을 감추기에 바빴다.

그놈들이 못 찾도록 잘 감추어야 가족이 먹을 양식을 마련할 수가 있었다. 그렇게 감추어 놓은 것도 뒤져서 빼앗아 가기도 했지만 그걸 조금씩 꺼내 먹으면서 생활을 버텼다. 그래서 엄마가 어렸을 때는 늘 배가 고팠다. 그놈들은 곡식을 빼앗어간 후에 다른 걸 배급해 주기도 했다. 나락피 쌀, 수수, 강냉이 등 양식으로 대신하기에는 부족한 잡곡만 배급해 주었다.

나락피 쌀은 무엇을 말하는 걸까? 벼가 자라는 논에는 피라는 잡초가 자란다. 우리는 피를 다 뽑아서 버린다. 피는 벼보다 키가 좀 더 크고 씨를 맺는다. 그 씨는 좁쌀만 한 크기인데 색깔은 노르스름하고 노란 좁쌀보다는 연하다. 그 씨를 떨어서 모은 것을 나락피 쌀이라고 불렀다. 우리나라에서는 잡초로 취급해 다 뽑아서 버리는데, 일제는 이것을 동남아나 다른 나라에서 가져와 곡식 대신에 배급해 주었다. 이것은 맛이 없어서 요즘 같으면 공짜로 주어도 안 먹을 것이다. 하지만 그때는 그것조차 양이 부족했다.

'우는 애 젖 많이 준다'는 말이 있는데 그놈들한테도 이게 필요했다. '잘 우는' 사람은 덜 뺏기고 배급도 더 받을 수 있었다. '잘 우는' 것은 진짜로 없어서 운다고 더 주는 게 아니다. 그들이나 그들과 끈이 닿아 있는 내국인에게 '잘 우는 흉내'를 잘 내야 한다는 것이다. 빼앗아 가는 거로 끝이 아니었다. 수시로 감시하고 확인하러 다녔다. 감춰 놓은 쌀로 쌀밥을 해먹는지 아닌지 찾으러 다녔다. 만약 발각되면 그것도 빼앗아 갔다. 쌀밥을 해먹을 형편도 안되지만 어쩌다 쌀밥을 할 때는 그 위에다 쑥이나 송기떡 같은 걸 얹어서 밥을 했다. 그러면 밥 색깔이 푸르스름하거나 붉게 되어 표시가 나지 않았다.

수확하는 가을철에는 그래도 사정이 나은 편이었다. 봄이 되면 양식이 부족해서 대안을 찾아야 했다. 숨겨 놓은 곡식을 다 먹어 버리면 여름부터 가을이 될 때까지는 굶어야 했다. 보통 입동 전에 보리 씨를 뿌리는데, 입동 무렵에는 싹이 난다. 싹은 겨울을 넘겨 봄이 되면 본격적으로 성장하게 된다. 겨울에 얼었던 땅에서 싹이 돋아나면서 땅의 틈이 벌어지고 그 틈새로 찬 공기가 들어가면 뿌리가 얼어서 성장을 못 하고 죽는 수도 있으므로, 이른 봄에 보리싹을 밟아줘야 한다. 내가 초등학교에 다닐 때는 학생들이 밭에 가서 보리싹을 밟아주기도 했다. 이것을 국가적으로 독려해서 시행한 것으로 기억한다.

그리고 6월 하지 경에 보리 수확을 한다. 그런데 그 당시에는 이때까지 기다리지 못하는 경우가 많았다. 당장 먹을 게 없으니 덜 익은 보리라도 잘라서 먹어야 했다. 이것을 바로 보릿고개라고 하는 것이다.

보리는 손가락만 한 수염이 쭉쭉 뻗어 있고 그 수염은 상당히 뻣뻣하다. 껍질도 매우 거칠다. 덜 익은 보리는 껍질을 벗겨 날보리를 끄집어낼 수도 없다. 그래서 덜 익은 보리는 보리가 열린 대를 잘라서 솥에 넣고 찐다. 그런 다음 햇빛에 바싹 말려서 절구통이나 방앗간에 넣고 빻아서 가루로 만든다. 그 가루로 죽을 끓여 먹었다.

소나무껍질로 송기떡과 송기 밥도 해먹었다. 봄이 되어 소나무에 물이 오르면 산에 가서 소나무껍질을 벗긴다. 짙은 갈색의 겉껍질을 벗기면 마치 딸기우유에 물을 타서 묽어진 것처럼 약간 붉은 우유 빛깔의 속껍질이 나온다. 물이 오른 속껍질은 잘 벗겨진다. 속껍질을 소뼈를 고듯이 푹 고아낸다. 골 때 그냥 물만 부어서 끓이면 질다. 그래서 재를 넣어서 끓일 때가 많다. 그러면 좀 더 부드러워진다. 이걸 끄집어내어서 물에 담가 한참 우려 낸다. 그러면 붉은 물이 빠져나온다. 그다음에 다시 방망이로 두드리기도 하고 떡메로 치기도 한다. 부드러워질 때까지 이렇게 하는데 원래 나무껍질이 질기니까 먹을 수 있도록 하려면 힘이 많이 든다. 힘이 들어도 양식이 부족하니까 어쩔 수 없이 해야만 했다. 부드러워진 덩어리를 송기라고 했는데 이것으로 떡도 하고 밥도 하고 죽도 했다. 송기떡을 만들어 놓으면 거무칙칙하고 질겼지만 쌀가루를 많이 넣으면 솔 냄새도 나고 맛도 그런대로 먹을 만했다.

그 당시에는 쌀이 부족해 쌀가루를 적게 넣고 만들었다. 그래서 질기고 먹기도 불편했다. 밥을 할 때 쌀 위에 송기 한 덩어리를 얹고 밥을 하면 밥이 불그스름한데, 가끔 쌀밥을 할 때 이렇게 하면 일본 순사한테 들켜도 쌀이 없어서 소나무껍질로 밥을 한다고 하면 밥 색깔이 붉어 그냥 넘어갔다.

칡뿌리도 캐서 먹었다. 칡뿌리는 가져와서 도끼로 짧게 자르고 쪼갰다. 그걸 방망이로 두드리거나 떡메로 쳤다. 그다음 주물러서 짜면 물이 흘러나왔다. 그 물을 받아서 한참 두면 밑에 앙금이 생겄다. 그러면 건더기는 버리고 앙금을 가지고 떡이나 죽, 밥을 했다. 칡뿌리로 떡과 밥을 하면 맛은 좋았다. 그러나 칡뿌리의 양에 비해 앙금은 적게 나왔다. 산에서 캐와, 손질하는 노력에 비해 먹을 수 있는 양이 너무 적었다.

가을에 꿀밤(도토리)을 주워서 먹거리로 사용하기도 했다. 요즘은 도토리로 묵을 만들어 별미로 먹지만, 그때는 묵을 만들려면 힘이 많이 들었다. 양식이 부족한데 간식을 챙길 여유가 없었다. 꿀밤은 떫은 맛 때문에 그냥 먹지 못한다. 그걸 물에 오래 담가 두면 떫은 맛이 빠지는데, 그냥 밥할 때 쌀 위에 얹어서 밥을 했다. 마치 콩밥을 하는 것과 같다. 그렇지만 맛이 없다. 가끔 그걸 빻아서 밀가루와 섞어서 쪄서 먹기도 했다. 또한, 빻아서 채로 걸러낸 뒤 그 가루로 떡을 해먹기도 했다.

이른 봄부터 싹이 나는 쑥은 전천후 먹거리였다. 밥할 때도 넣고 떡에도 넣고 죽도 끓이고 국도 끓였다. 어쩌다 쌀밥을 해야 할 때 쑥을 얹어서 밥을 하면 밥이 시커매, 일본 순사에게 들키지 않게 위장하기 좋았다.

5월이 되면 감꽃이 떨어지는데 이건 배고플 때 간식으로 좋았다. 감꽃은 생것을 그냥 먹기도 하고 밀가루에 묻혀서 쪄 먹기도 했다. 산에 가서 물냉이 뿌리를 캐서 먹기도 했다. 이건 마치 파 뿌리처럼 생겼는데 물에 넣고 끓이면 미끌미끌한 게 죽처럼 된다. 그걸 먹는 것이다. 잔대 뿌리도 캐서 먹었는데 이건 생것으로 먹기도 하고 쪄서 먹기도 했다. 요즘은 약재로 많이 쓰이지만, 그 당시에는 약재의 의미보다는 먹거리로 사용했다.

■

　엄마의 얘기를 듣고 있으면 내가 원시시대로 돌아간 것 같은 착
각이 든다. 산에 가서 야생동물을 잡고, 들에 가서 자연의 풀을 뜯
어 식용으로 삼았던 시대를 떠올린다. 사람은 점차 진화했고 문명
은 계속 발전해 왔다. 더 편리한 생활, 더 윤택한 생활을 위해 사람
은 노력을 멈추지 않았다. 현재의 생활을 과거의 불편했던 생활로
되돌리려고 하는 것은 커다란 고통이 아닐 수 없다. 더구나 그것
이 강제에 의한 것이라면 분노로 이어질 수밖에 없다.

　엄마의 얘기를 들으면서 엄마가 옛날 그 일본 순사들에게 분노
의 감정을 가졌는지 지켜봤지만 그런 건 없었다. 가난한 집에서 자
라게 한 외할아버지나 외할머니에게 원망하는 감정도 없었다. 세
상을 그렇게 되도록 이끌어간 그 시대의 나라의 지도자들에 대해
욕하는 것도 없었다. 단지 그 어렵고 힘들었던 시절을 담담히 얘
기할 뿐이었다.

　85년의 세월을 살았다는 것이 그저 세월의 나이만 먹은 시간의
연속이 아니었다. 수많은 아픔과 고통, 분노와 불만 같은 감정들
을 다 소화해 자신의 내면을 키우는 거름으로 승화시킨 것 같았
다. 엄마가 위대하다는 건 이런 데 있다. 엄마는 언제나 혼자가 아
니다. 엄마의 생각 속에는 항상 자식들이 있고 행동에는 언제나

자식들이 앞장선다. 혼자라는 생각이 들면 자기만 편하고 좋을 대로 행동해 버릴 수 있다. 그러나 혼자가 아니기에 여러 사람 몫의 책임을 감당해야 한다. 더군다나 나보다 자식의 안녕을 고려해야 한다면 모든 행동과 사고가 더욱 신중해질 수밖에 없다. 이런 과정에서 엄마 마음의 깊이는 헤아릴 수 없을 정도로 깊어졌고 삶의 철학은 어떠한 어려움과 고통도 용해시킬 수 있을 만큼 심오해졌다.

나는 아직 그런 경지에 다다르지 못했다. 엄마의 얘기를 들을 동안 거대한 바위에 막혀 앞으로 나아가지 못하는 갑갑함 심정도 들었고 때로는 알지 못하는 그들에게 분노가 생기기도 했다.

바다에서 작은 배는 작은 바람과 풍랑에도 휘청거리지만 커다란 함선은 태풍과 폭풍우에도 끄떡없이 견딘다. 마음의 깊이와 넓이를 잴 수 없을 만큼 커다란 엄마의 마음처럼 그런 마음을 가질 수 있으면 좋겠다.

출산과 육아

엄마는 우리 여섯 남매를 낳았다. 한때 아이를 두 명만 낳자는 캠페인도 있었고 요즘에는 한 명도 안 낳는 젊은 부부가 늘어나고 있다는데 그에 비하면 엄마는 출산에 엄청난 노력과 정성을 쏟은 셈이다.

예전에는 아이를 많이 낳는 게 일반적인 거였다. 나의 사촌은 네 남매이고 오촌 아재는 다섯 남매이다. 내 친구 중 하나는 열한 남매인데 모두 한 어머니에게서 태어났다. 나는 어릴 때 농담 삼아 '너희 남매들만 모아서 축구팀 하나를 만들어라' 하고 얘기 하기도 했다. 그때 아이를 많이 낳은 것은 산아제한도 없었고, 또 부부간에 임신을 조절하는 관습이 정착되지 않은 탓도 있었던 것 같다. 영아의 사망률이 높았던 것도 원인 중 하나였던 것 같다. 아이가 태어나더라도 언제 전염병이 돌아 죽게될 지 모르니까 가능하다면 많이 낳고 보자는 심리가 있지 않았을까?

당시에는 홍역이 심했었다. 몸에 열이 나고 피부가 발갛게 달아올랐다. 가려워서 긁으면 진물이 나고 흉터가 생겼다. 예방약도 없었고 홍역에 감염되었더라도 약이 없었다. 단지 민간요법으로 처방했다.

대게 껍질을 삶아서 먹기도 하고, 청결미라는 새파란 좁쌀을 삶아서 그 물을 마셨다. 그리고 바깥바람을 쐬지 않아야 했다. 이렇게 하더라도 죽는 애들이 많았다. 내 친구네는 누나와 형이 있었지만, 홍역으로 죽고 그 친구와 동생만 살아남았다. 나의 먼 친척 중에 딸만 셋 있는 집이 있는데 그 집에도 중간에 아들이 있었지만, 홍역으로 죽고 딸만 남았다. 당시에는 왜 그렇게 아들을 선호했는지 딸들의 아버지, 나에게는 할아버지인 그분은 이혼도 하지 않은 채 부인과 딸만 남겨두고 도시로 나가 버렸다. 그곳에서 다른 여자를 만나 아들 둘을 낳았다. 홍역이 남기고 간 비극이었다.

손이라는 병도 유행했었다. 나중에 알고 보니 천연두를 손이라고 불렀다. '손이 왔다'고 했는데 그게 천연두에 걸렸다는 의미였다. 열이 많이 나고 얼굴에 콩알만 한 물집이 생겼으며 긁으면 종기로 변했다. 앓고 난 후 얼굴에는 흉터가 남는데 그걸 곰보라고 불렀다. 이것도 약이 없어서 죽는 사람이 많았다. 나중에 종두가 보급되고 예방주사를 맞으면서 천연두가 사라졌다.

융감이라는 병도 유행했었다. 나중에 알고 보니 장티푸스였는데 열이 나고 복통이 있었다. 고열, 오한, 두통이 겹치니 감기로 오인하는 경우가 많았다. 장염 증세로 설사를 하기도 했다. 이것도 약이 없어서 죽는 사람이 많았다.

당시에는 예방약도 없었고 더구나 시골에는 병원이 없어서 이러한 병에 걸려서 죽는 아이가 많았다. 우리 여섯 남매는 다행히 큰 병치레 없이 건강하게 잘 자랐다. 엄마는 그런 면에서 상대적으로 수월하게 아이들을 키웠다고 말했다.

형을 낳을 때는 외가로 갔다. 첫 출산인데 시댁은 편안한 곳이 아니었고 아무래도 외할머니가 계시는 곳이 편할 것 같아서 그곳으로 갔다. 3월 초닷샛날 밤 1시경이었다. 날씨는 맑고 춥지도 덥지도 않은 날이었다. 산파 역할은 외할머니가 했다. 아기의 배꼽에 실을 묶고 다른 쪽 한 가닥은 엄마의 발가락에 묶어놓고 가위로 탯줄을 잘랐다. 그렇게 하지 않으면 실이 딸려 들어갈 수 있으므로 반드시 한 가닥은 엄마의 발가락에 고정해야 했다. 아기를 받은 후에 외할머니는 부엌으로 가서 미역국을 끓였다. 외할아버지는 아침에 대문간에 숯과 빨간 고추를 끼운 건구줄을 걸쳐 매었다. 다른 지역에서는 금줄이라고 한다는데 우리 고향에서는 건구줄이라고 불렀다. 또한, 다른 데서는 솔가지를 꽂는다는데 우리 고향에서는 꽂지 않았다.

솔가지는 용도가 따로 있었다. 굿을 들일 때 솔가지를 대문간에 걸어놓고 대문부터 마당 안, 축담까지 황토를 뿌려두고 무당을 불러 굿을 했다. 아이들이 건강하게 잘 자라게 해달라고, 질병을 옮기는 악귀를 쫓아 달라고, 커서 훌륭한 사람이 되도록 해달라고 공을 들였다.

건구줄에 사용하는 새끼는 왼 새끼였다. 볏짚으로 새끼를 꼴 때
보통 오른쪽으로 꼬는데 건구줄에 쓸 때는 왼쪽으로 꼬았다. 악귀
도 영리해서 새끼줄이 오른쪽으로 꼬인다는 걸 아니까 새끼를 풀
어버릴 수가 있다. 그래서 악귀를 속이기 위해서 왼쪽으로 꼬는 것
이다. 숯은 소독을 해주는 의미가 있는데 온갖 병을 일으키는 병
균을 물리치는 뜻이 있었고 고추는 남자아이가 태어났다는 것을
마을 사람들에게 알리는 의미였다.

형은 갓난아기였을 때 6·25 전쟁을 맞아서 피난생활을 해야 했
다. 이때 모기에 물린 게 낫지 않고 덧나서 종기가 커졌는데 그걸
대추나무 가시로 째서 고름을 뺐다. 그 자국은 66년이 지난 지금
에도 얼굴에 남아 있다.

누나는 7월 스무여드렛날 새벽에 고향 집에서 태어났다. 날씨가
무척 더웠고 증조할머니가 산파를 했다. 대문간에 건구줄을 달았
는데 숯과 미역을 꽂았다. 딸아이를 낳고도 숯과 고추를 매단 집
이 간혹 있었는데, 그 집에 딸만 있어서 다음에는 아들을 낳게 해
달라는 기원을 하는 뜻이었다. 엄마는 아들딸의 순서가 잘 맞아
서 그렇게 할 필요가 없었다.

누나는 중학교에 다닐 때 장티푸스에 걸렸다. 열이 많이 나고 몸
을 오들오들 떨고 설사를 해서 집 앞의 병원에 입원을 했다. 누나
는 약 먹는 걸 싫어했다. 병원에서 약을 주었는데 그걸 잘 먹지 않
고 몰래 버리기도 했다. 급기야 머리털이 많이 빠져 잘못 했으면 대

머리가 될 뻔했다. 오십 대 중반부터 누나는 머리 정수리 부분에 머리칼이 많이 빠졌는데, 혹시 이때의 영향이 있는 게 아닌지하는 의심이 든다.

나는 5월 초사흗날 밤 1시경 고향 집에서 태어났다. 증조할머니가 받았는데 역시 가위로 탯줄을 잘랐다. 날씨는 맑았고 덥지도 않았다. 그 점에서는 엄마의 고생을 좀 덜어준 셈이다. 나는 중학교 다닐 때 볼거리를 했는데 볼이 부어오르고 얼굴이 화끈 달아올랐다. 마치 입속에 탁구공 하나를 넣은 것처럼 부었고 열이 많이 나서 학교에 하루 결석했다. 그때까지 학교에 결석 한 번 안 했는데 그 일로 처음 결석했다.

첫째 여동생은 5월 열이렛날 밤에 태어났다. 역시나 증조할머니가 산파를 했다. 날씨가 덥지는 않았는데 산후조리를 할 무렵에는 상당히 더웠다. 둘째 여동생은 11월 그믐날 밤에 태어났다. 이날은 눈이 엄청나게 쏟아져 내렸다. 소 여물을 끓이려면 마당의 눈을 치워야 하는데 할머니는 집의 머슴과 함께 눈을 치우느라 너무 힘이 들었다. 게다가 엄마의 출산준비도 해야 하였으니 눈물 반 콧물 반을 흘리면서 거의 초주검이 되도록 일을 했다. 그리고 밤에 할머니는 아이를 받았다. 이때까지는 엄마의 고향 집에서 태어나서 대문간에는 건구줄이 쳐졌다.

막내는 대구로 이사 온 후 태어났다. 1월 초아흐렛날 저녁 7시경에 태어났다. 할머니는 고향 집에 살고 계셨는데 출산 며칠 전 대구로 와서 기다리다가 아기를 받았다. 대구는 도시라서 그랬는지 건구줄 치는 집이 없었다. 그래서 막내는 건구줄을 치는 행운을 받지 못했다. 그렇지만 이들 셋은 자라면서 큰 병치레 없이 잘 컸다. 그 점에서 자기들도 모르면서 효도한 셈이다.

고향 집에서 아이를 낳고 건구줄을 쳤던 것은 아이가 태어났다는 것을 알리는 것과 동시에 외부의 사람이 집안으로 들어오는 것을 막는 목적도 있었다. 그 당시에는 영아들이 죽는 경우가 많아서 악귀나 부정 타는 것이 집안으로 못 들어오게 했다. 집안의 어른들도 바깥의 일에 가는 것에 조심을 많이 했다. 우리 집에는 증조할머니 할머니 작은할아버지 아버지 작은아버지가 계셨는데 이분들이 밖에서 일어난 나쁜 일이나 더러운 곳에는 가지 않았으며, 상갓집에도 가지 않고 특히 상갓집의 상주도 만나지 않았다. 짐승도 보지 않았다. 이 모든 것이 부정 타는 것이라 여겼다. 이것을 삼칠일(21일) 동안 유지했다.

아이들이 자라면서 감기에 걸리거나 기침이 나고 열이 나면 민간요법으로 처치했다. 개머루라는 까만 열매가 맺히는 풀이 있는데 그걸 뜯어서 말려 두었다가 달여서 먹이고, 땀을 푹 내게 했다. 인동초, 파 뿌리, 생강 등을 섞어서 달여서 먹기도 했다.

막내가 생기기 두 해전 엄마는 몹시 아팠다. 죽을지도 모른다고 했다. 하혈이 심했고 온몸이 아프고 후들후들 떨렸다. 아버지는 직장에 가고 병원에 같이 갈 사람도 없어서, 고향에 계신 작은할아버지가 처음에는 이틀에 한 번씩 나중에는 사나흘에 한 번씩 대구로 와서 엄마를 병원에 데리고 갔다. 고향에서 대구로 이사 온 것이 10월달이었는데 동짓달부터 그렇게 아프기 시작했다.

아버지는 출근해야 하고 형과 나는 학교에 가야 하니까 엄마는 아픈 몸을 이끌고 새벽에 일어나 밥을 지었다. 몸을 움직이기도 힘들고 일어나기도 싫었지만 누가 대신해줄 사람도 없기에 직접 챙길 수밖에 없었다. 그러면서 병원에도 가고 성서에 있는 약국이 약을 잘 짓는다고 해서 그곳까지 가서 약도 지었다. 침도 맞고 따기도 하고 무당을 불러 굿도 했다. 사람이 죽을 지경인데 무슨 짓을 못할까? 엄마는 그렇게 죽음의 그림자와 사투를 벌였다. 그다음 해 4월까지 거의 6개월을 병마와 싸움을 벌인 끝에 결국 엄마는 승리했다. 엄마의 일생 중에 가장 힘들고 괴로운 시기였다.

지금 생각하면 왜 그때 내가 부엌에 들어가지 못했을까? 왜 형은 그런 생각을 하지 않았을까? 하는 생각이 든다. 나는 11살 형은 15살이어서 못할 것도 없었는데……. 하지만 그 당시 고루했던 개념 탓에 남자가 부엌에 들어간다는 것은 생각도 못 했다. 뒤늦은 후회지만 엄마에게 죄송하기 그지없다.

그 6개월 동안 엄마는 잠결에 죽음의 사자를 몇 번이나 만났다. 그렇지만 엄마의 강한 의지와 신념은 절대로 죽음의 사자를 따라가지 않았다. 병마를 물리친 엄마는 다시 건강해졌고 예전처럼 부지런하게 움직였다. 그다음 해에 막내를 잉태했다. 죽음의 문턱에서 살아나 다시 새 생명을 얻은 것이었기에 엄마는 막내를 매우 애틋하게 여긴다. 내가 막내를 두 사람의 몫으로 태어났다고 하는 이유가 바로 이것이다.

엄마는 산후조리를 보통 두칠일(14일)을 했다. 시골생활은 할 일이 너무 많았기에 한칠일이 지나서는 방안에서 하는 일을 시작했다. 바느질하는 것, 쐐기로 무명씨를 빼는 일 등이었다. 당시 밭에 목화를 심었는데 목화솜에서 씨를 빼는 일은 시간이 오래 걸렸다. 두칠일이 지나서는 바깥일을 했다. 추울 때 바깥바람을 쐬면 손발이 시리고 아리기도 했다.

그러다 방에 들어오면 발이 가렵고 저리기도 했다. 더울 때는 방안에 누워 있으면 너무 더워 땀띠가 났다. 그래서 찬물에 손을 담그면 시원한데 자주 그렇게 하면 몸이 찌뿌둥해지고 손발에 바람이 나는 것 같았다. 그렇지만 다른 사람들에 비해 산후통은 적은 편이었다. 사실 시골 살림에서 육체노동을 해야 하는 일이 많았기에 조금 아프다고 쉴 수도 없었다. 억지로라도 일어나서 일해야 했기에 아픈지 어떤지도 모르고 지나갔다는 말이 더 합당한 말일 것이다.

산후통을 위해서 육모초를 뜯어서 대추, 약쑥, 찹쌀을 함께 넣어서 푹 고아서 먹었다. 배가 아플 때도 좋고 특히 산모에게 좋다고 해서 여러 번 고아 먹었다. 나도 어릴 때 먹어본 적이 있는데 대추가 많이 들어가서 약간 단맛도 나는 게 먹기에 편했다.

산에서 백출을 캐서 그냥 생으로 먹기도 했다. 약쑥을 끓인 물로 씻기도 했다. 따로 약 먹는 것 없이 이것으로 산후통을 조절했다. 엄마는 여간한 고생은 고생으로 여기지 않는다. 어려운 일이 닥쳐도 쉽게 흔들리지 않는다. 삶에 대한 집착과 의지력은 무서울 정도로 강하다. 불평과 불만을 표시하지 않고 혼자서 그것을 감내한다. 그렇게 할 수 있는 이유는 자식에 대한 애정이 내면 깊숙이 자리 잡고 있기 때문이다. 우리 여섯 남매가 엄마를 위해 무엇을 어떻게 해야 엄마를 더욱 편하게 해드릴 수 있을지 고민해야 하는 이유가 여기에 있다.

누에치기

우리 집에는 뽕나무밭이 세 군데 있었다. 마을 끝의 산과 이어지는 밭, 개울따라 산골짜기로 들어가는 초입에 있는 밭, 앞산을 넘어 학교 가는 길목에 있는 밭이었다. 할아버지는 농가에서 할 수 있는 일거리는 뭐든지 다 시작했다. 밭농사와 논농사는 기본이고 거기에다 솜을 얻기 위해 목화를 심고, 삼베를 짜기 위해 삼나무를 심고, 명주를 짜기 위해 누에도 길렀다. 여러 가지 일을 벌이다 보니 일손은 항상 부족했고 증조할머니와 할머니, 엄마는 일 년 사철 쉴 틈이 없었다. 집안사람들만으로는 그 많은 일을 처리할 수가 없었으니 일을 도와주는 머슴이 항상 있었다. 일은 많이 했지만, 그 덕택에 할아버지 대에 이르러 논과 밭을 많이 사들였고 재산도 많이 불렸다. 할아버지는 일찍 돌아가셨지만 할머니도 그 정신을 이어받아 일거리를 줄이지 않고 부지런히 몸을 움직였다. 엄마가 시집에 온 후에도 누에치기는 계속되었다.

누에치기는 일 년에 두 번 봄과 가을에 했다. 봄누에는 뽕나무에 새 가지와 새순이 돋아나올 때 시작했다. 조합에서 누에 알을 공급받는데 네 판을 받았다. 보통 마을의 다른 집에서는 한 판 내지 두 판을 받는데 우리는 네 판을 받았으니 좀 많은 편이었다. 알을 신문지에 펼쳐놓고 그 위에 신문지로 잘 덮어 놓으면 일주일 정도 지나서 알이 깨어난다. 마치 개미 같은 게 까맣게 꼼지락 꼼지락 기어 나온다. 신문지를 들어 올리면 조그마한 게 톡톡 떨어진다.

깨어난 누에는 누에채반에 옮기고 뽕잎을 잘게 썰어서 넣어 준다. 작은 개미만 한 크기지만 뽕잎을 조금씩 조금씩 잘 갉아먹는다. 5~6일 지나서 아기 잠을 잔다. 누에가 잠을 잘 때는 고개를 꼿꼿이 쳐들고 꼼짝하지 않는다. 하룻밤, 하룻낮을 잠을 자고 깨어난다. 5~6일 지나면 또다시 잠을 잔다. 이때를 2잠이라고 부른다. 다시 5~6일 지나서 3잠을 잔다. 그리고 5~6일 지나서 한잠을 잔다. 네 번 자는 것을 한잠을 잔다고 한다. 한잠을 잔 후 5일 지나서 고치를 칠 준비를 한다. 누에채반에 솔가지를 올려놓고 그 사이사이에 짚을 깔고 다 성장한 누에를 올린다. 이때부터 누에는 고치집을 짓기 시작하여 일주일 정도 되면 누에고치를 완성한다.

봄에 처음 뽕잎을 따 올 때는 새로 나온 가지째 잘라 온다. 가을에 가지치기하지 않고 봄에 잎을 따면서 가치 치기를 겸하므로 이때는 부피도 크고 무거워서 여자들이 하기엔 너무 힘들다. 그래서 머슴이 잘라서 가져온 것을 마당에 멍석을 깔고 펼쳐 놓으면 엄마와 할머니 등 여러 사람이 잎을 따낸다. 이 잎을 아기 잠자고 2잠 잘 때까지는 잘게 썰어서 넣어주고 그다음에는 큰 잎을 그대로 넣어준다. 누에가 뽕잎을 갉아먹을 때 옆에 서 있으면 사각사각 먹는 소리가 들린다. 아주 부드러운 음악을 틀어 놓은 것 같다.

누에가 어릴 때는 하루에 한두 번 정도 뽕잎을 넣어 주지만 다 큰 누에는 하루에 여섯 번을 넣어 주어야 한다. 네 시간에 한 번꼴로 주어야 해서 엄청나게 바쁘다. 밤에 잠도 제대로 못 잔다. 잠잘 때도 두 번 정도 깨어나서 먹이를 주어야 한다. 뽕잎도 금방금방 없어지니까 수시로 밭에 가서 뽕잎을 따 와야 한다. 이 시기는 농사일로 바쁠 때이기 때문에 정말 눈코 뜰새 없이 바쁘다.

뽕잎은 청정한 곳에서 순수하게 자연의 힘으로 자란 것이어야 한다. 뽕나무에 비료를 주거나 농약이 날아 들어오면 안 된다. 그렇게 하기 위해서는 뽕나무 주위의 남의 밭에서도 농약이나 비료를 주지 못하도록 미리 관리해야 한다. 비료나 농약을 먹은 뽕잎을 누에가 먹으면 그 누에는 썩어서 죽는다. 뽕잎을 깨끗하게 키우는 것이 누에 기르기에 있어서 첫 번째 중요한 요소이다.

누에를 기르는 방은 아래채의 두 방과 본채의 안방이었다. 방의 양쪽 끝에 기둥을 세우고 선반을 만들었는데 안방은 다섯 층 아래채의 방은 십 층으로 했으며 한 층에 누에채반을 5~6개씩 올렸다. 그러니 전체의 누에채반 수는 120~130개였다. 누에는 뽕잎을 먹고 똥을 싸고 오줌도 싸는데 누에채반을 깨끗하게 해줘야 누에가 잘 큰다. 어릴 때는 이틀에 한 번 누에채반을 갈아주고 한잠을 자고 난 후부터는 매일 누에채반을 갈아줘야 한다. 120~130개의 누에채반을 매일 갈아주고 뽕잎을 하루에 여섯 번을 주어야 하니까 이게 보통 힘든 일이 아니었다. 그렇지만 엄마와 할머니는 좋은 누에고치를 얻기 위해 하루도 거르지 않고 이 일을 했다.

알에서부터 고치를 생산하기까지 전체적으로 걸리는 기간은 누에를 잘 기르면 한 달 정도 걸린다. 뽕잎을 하루 거르거나 똥을 자주 치워 주지 않으면 한 달이 더 걸린다. 누에를 잘 못 키우면 고치를 짓지 않고 죽어 버리는 경우도 많다. 고치를 짓더라도 배설물이 묻어서 얼룩이 생기는 것도 있다. 얼룩이 진 고치는 상품으로 인정받지 못하므로 누에채반을 깨끗하게 치워주는 것이 중요하다.

가을누에는 7~8월경에 시작해서 추석 전에 누에고치 생산을 완료한다. 누에고치가 생산되면 좋은 것은 조합에 납품하고 좋지 못한 것은 집에 남겨두는데 누에를 잘 못 키워 좋은 누에고치를 생산하지 못하면 누에 알값도 못 건진다. 집에 남는 것은 주로 고치 모양이 제대로 만들어지지 않은 것, 배설물이 묻어 얼룩이 진 것, 쌍둥이 고치 등이다. 일반적으로는 이렇게 하지만 우리 집에서는 아주 적은 양만 납품하고 될 수 있으면 집에 남겨두고 집에서 직접 실을 뽑고 명주를 짰다. 일손은 많이 가고 육체적으로는 힘들지만 그게 훨씬 더 이득이었다. 물론 그만큼 엄마와 할머니의 노동량이 늘어나는 것은 당연한 결과였다.

누에가 고치를 짓고 7일 정도 지나면 고치 속의 누에가 번데기로 탈바꿈하고 또 7일 정도 지나면 나방으로 변해서 고치 집을 풀어헤치고 밖으로 나온다. 따라서 누에고치가 만들어지면 즉시 실을 뽑아야 한다. 실을 풀 때는 커다란 냄비에 물을 부어서 불 위에 올리고 물이 끓으면 누에고치를 집어넣는다. 뜨거운 물에 들어간 고치에서 끝 부분의 실이 풀어져 나오고 이것을 물레에 걸고 감으면 실타래가 된다. 실이 다 풀어진 고치 속에서 번데기가 나오는데 이것은 아이들 간식으로 먹었다. 누에고치 하나에서 1,000~1,500m의 실을 만든다니 실로 대단하다. 누에고치의 크기가 보통 엄지손가락만 한 굵기인데……

타래실로 명주를 짜기 위해서는 중간에 풀을 먹이는 과정을 한 번 더 거쳐야 한다. 완성된 실은 베틀에 걸고 명주를 짠다. 증조할머니와 할머니 엄마가 번갈아 가며 베틀에 앉았는데 증조할머니가 돌아가신 후에는 할머니와 엄마 두 분이 번갈아서 베를 짰다. 명주는 40자를 한 필로 했는데, 한 필 짜는데 숙달되어 잘 짜는 사람은 5일이면 되지만 잘 못 짜는 사람은 10일도 더 걸린다. 더군다나 농사일도 하고 집안일도 해가면서 틈틈이 베를 짜야 하니까 실제로 걸리는 시간은 많이 길어졌다.

누에 치는 과정은 봄에는 보리 타작과 벼모내기를 하는 시점과 겹치고 가을에는 수확 시기와 겹친다. 한창 바쁜 시기와 겹쳐 농가는 정말 눈코 뜰 새 없이 바쁘다. 밤에는 뽕잎을 넣어줘야 하니까 잠도 제대로 잘 수가 없다. 실로 중노동의 일이었지만 엄마와 할머니는 한 해도 쉬지 않고 그 일을 해냈다. 대단한 정신력과 의지력이 아니면 견딜 수가 없었을 것이다.

다 짠 명주는 염색했다. 시장에서 액체로 된 염료를 사 와서 물에 풀어 염색한다. 봄날 따뜻할 때 물에 풀면 물을 끓이지 않아도 된다. 다른 천에 비해 명주는 염색이 손쉽고 다음에 빨래하더라도 염색물이 잘 빠지지 않는다. 빨간색 파란색 노란색 등 다양하게 할 수 있다.

완성된 명주 천으로 직접 집에서 옷을 만들었다. 한복의 바지저고리, 치마 등을 만들었다. 비단이 비쌌기 때문에 집에서 손수 생산한 명주는 고급스러운 한복에도 아주 잘 어울렸다. 엄마는 자를 비치해 두고 몸집이 큰 사람은 한자를 자르고 보통인 사람은 여덟 치를 잘라서 치마를 만들었다. 결혼식이 있거나 축하행사에 참석할 때 새로 만든 명주 한복은 유용하게 쓰였다.

아버지는 하늘나라로 가실 때 엄마가 만든 명주옷을 입고 가셨다. 엄마의 손길이 담겨 있는 옷을 입고 가셨으니 가는 길이 덜 외로웠을 것이다. 땅속에 계신 지금도 그 옷을 입고 계실 테니 엄마의 따뜻한 정을 아직도 느끼고 계실 것이다. 엄마의 장롱 속에는 지금도 그때 만든 명주 한복이 있다. 엄마는 가끔 옛날 생각이 날 때면 그 옷을 꺼내어 본다. 고생스런 날들이었지만 되돌아보면 아름다운 날들이었다. 그때 고생한 사람 중에 엄마만 홀로 살아 계시니 가끔 그 시절이 그리워지는 것 같았다.

엄마는 명주의 매끈매끈하고 보드라운 촉감을 느끼면서 아득히 멀어진 뽕나무밭을 한 바퀴 돌다가 내려오고, 베틀에 앉아 나도 모르게 잠이 들어 꿈속을 헤맸던 날도 생각해 본다. '시어머니

등쌀에 마음껏 쉬어 보지도 못하고 잠도 제대로 자지도 못하고 억척스럽게 일만 했다'고 생각했는데 이제 와서 돌아보니 그래도 그때 그렇게 열심히 산 덕택에 지금의 이런 호사를 누리는 게 아닌가 생각된다.

앞으로 얼마나 더 오랜 세월을 살아가실지는 모르지만, 엄마도 가실 때 그 명주옷을 입고 가실 것이다. 예전의 고생스러웠던 기억과 힘들었던 추억과 행복했던 모든 삶을 안고서 영원한 소풍 길을 떠나실 것이다.

푸른 털 토끼

어느 날 푸른 털로 몸 전체가 뒤덮인 토끼가 나타났다. 푸른 털 사이사이에 은빛의 털이 고르게 섞여 있는데 은빛의 털은 전체 털 중에서 5% 정도 박혀 있었다. 마치 검은색 머리칼에 이제 막 흰 머리가 생기기 시작하는 단계 같이 섞여 있었다. 은빛의 털은 아주 약한 빛에도 반짝거리고 달빛 아래서도 빛을 반사해서 반짝였다. 에메랄드가 빛을 받으면 그 빛을 반사해서 하얀색의 작은 섬광들이 튀어나오게 하듯이 토끼의 몸에서는 은빛의 털이 반사되면서 하얀색의 섬광을 만들고 있어서 푸른색은 더욱 고상하고 신비스럽게 보였다.

눈은 먹물로 칠한 것처럼 새까만데 눈동자에는 참기름을 바른 것처럼 물기가 마르지 않아 반질 반질거렸다. 눈동자주위는 빨간색으로 테두리가 처져 있었다. 그 눈을 바라보고 있으면 나는 한

없이 그 눈 속으로 빨려 들어갈 것 같았다. 그렇지만 무섭거나 두려움 같은 것은 없고 오히려 캄캄한 눈 속으로 빨려 들어가면서 마음이 편안해지고 아늑해 졌다. 어렸을 때 다락방에 들어가서 잠을 자거나 장롱에 들어가서 잠을 자면 그 좁은 공간이 오히려 따뜻하고 아늑했는데, 토끼의 눈 속으로 빨려 들어가는 느낌이 꼭 그것과 비슷했다.

코끝에도 까만 점들이 박혀 있고 입은 열십자 모양을 하고 조그맣게 오므리고 있었다. 입 좌우에는 은빛 수염이 두 가닥씩 달려 있었다. 수염은 길이가 내 가운뎃손가락만 한데 끝이 살짝 휘어져 있고 여덟 팔자 모양으로 벌어져 있어서 멋이 있고 품위가 있어 보였다. 입을 다물고 있을 때는 조그맣게 보였지만 먹을 때는 엄청나게 빠르게 입을 움직였다. 배춧잎 하나를 주면 앞발로 배춧잎을 잡고 입을 뾰족이 해서 뜯어 먹는데 내가 커피 한 모금 삼킬 동안에 배춧잎 한 장을 다 먹어 버렸다.

발은 조그맣고 앙증맞게 생겼는데 발톱이 새까만 것이 윤이 났다. 발톱 끝은 날카롭게 생겼고 발바닥은 공처럼 약간 둥근 모양을 하고 있었다. 발바닥이 이처럼 둥글게 되어 있어서인지 장난치면서 폴짝폴짝 뛸 때는 몸이 마치 공처럼 통통 튀어 오르는 것 같았다.

요놈은 똥도 싸는데 새까만 똥을 싼다. 대추 알처럼 생겼는데 한 번에 서너 개를 내놓는다. 똥이 바싹 말라서 또르르 굴려도 될 정도이다. 아마 배 속에서 물기를 다 빨아들이고 찌꺼기만 내놓는 듯하다. 일주일에 두 번 정도 싸는데 냄새도 나지 않는다. 그러니 같이 살아도 내가 번거로울 일이 거의 없다.

내가 잠을 자고 있는데 요놈이 앞발로 내 손등을 톡톡 쳤다. 많이도 아니고 딱 두 번 톡톡 쳤다. 나는 잠결에 그것을 느꼈지만 일어나기가 귀찮아서 그대로 있었다. 그런데 잠시 후에 또다시 톡톡 쳤다. 뭔가 하고 상반신을 일으키는데 요놈이 침대 모서리에서 빤히 쳐다보고 있었다. 난생처음 보는 놈인데 어디에서 왔을까? 내가 몸을 일으키자 요놈은 폴짝 뛰어서 의자로 가더니 다시 폴짝 뛰어서 책상 위로 올라가서 키보드 앞에 앉았다. 그리고는 까맣고 매끄럽게 윤이 나는 발톱으로 키보드를 톡톡 두드렸다.

이름: 토렁이

나이: 1.5세

취미: 사람과 친해지기

특기: 외로울 때 따뜻하게 해주고, 적적할 때 같이 놀아주고, 슬퍼할 때 다독여주고, 기뻐할 때 같이 기뻐해 주고, 화날 때 화를 풀어주기

자판을 두드리고 난 후 나를 한참 바라보더니 다시 화면을 바라보았다. 입을 연신 오물오물 거리며 무슨 말을 하는 것 같았는데 알아들을 수가 없었다. 하지만 글을 보니 무슨 의미인지 알 것 같았다. 그 뒤로 우리는 친구가 되었다.

엄마의 삶에 스며들다

토령이는 잠잘 때 꼭 내 겨드랑이에 파고든다. 어둠이 내리면 잠을 자고 새벽에 빛이 어스름해지면 눈을 뜬다. 나보다 먼저 잠을 자는데 내가 잠자리에 들면 어느새 겨드랑이에 쏙 파고들어 온다. 머리는 겨드랑이 사이에 쏙 밀어 넣고 배는 내 옆구리에 착 달라붙이고 앞발과 뒷발 하나씩은 가슴과 배 위에 올려놓는다. 숨소리에도 날아갈 듯한 털의 촉감이 너무 보드랍다. 새근거리는 숨소리도 내 가슴에 전달된다. 따뜻한 몸의 온기가 내 가슴에 느껴지고 나 이외의 또 다른 생명이 나와 함께 있다는 생각에 행복한 잠속으로 빠져든다. 아침에는 일찍 일어나서 나를 깨운다. 앞발로 톡톡 두 번 가슴을 친다. 내가 일어나지 않고 있으면 앞발로 겨드랑이를 살금살금 간질이기도 하고 가슴을 살살 긁기도 한다. 마지막으로 가슴을 다시 톡톡 두 번 두드린다.

요놈은 내 감정을 다 읽고 있다. 그저께 엄마와 전화를 했는데 엄마는 기분이 좋았다. 경로당에서 노인잔치를 열어 주었는데 소고깃국에다 반찬도 골고루 해서 맛있게 잘 먹었다고 했다. 떡도 시루떡 송편에 인절미도 있어서 실컷 먹고 기분이 좋았다고 했다. 엄마가 기분이 좋으면 나도 기분이 좋다. 흐뭇한 생각으로 식탁 의자에 앉아 있는데 토령이가 오더니 제 몸을 던지듯이 내 종아리를 툭 쳤다. 그리고 발가락 사이를 간질였다. 조금 있다가 거실 저쪽으로 가더니 폴짝폴짝 뛰어온다. 요놈이 기분이 좋을 때는 뛰는 높이가 내딛는 걸음보다 더 높게 뛴다. 마치 높이뛰기를 하는 것처럼. 그렇게 높이 폴짝폴짝 뛰어와서 내 무릎 위에 달랑 올라 앉았다. 내가 기뻐하면 요놈도 같이 기뻐하는 것이다.

어제 엄마는 팔이 너무 아팠다. 새벽에 일어나서 몸을 일으키려
는데 어깨부터 팔목까지 너무 아파서 일어날 수가 없었다. 일어나
려면 팔을 짚고 허리를 일으켜야 하는데 팔이 아파 짚을 수가 없
었다. 겨우 베개를 허리에 받치고 어찌해서 일어났다. 지난번에 정
형외과에 가서 치료받고 약을 먹었는데 차도가 별로 없고 어제는
오히려 더 아팠다. 옷을 입고 벗는 것도 팔을 돌릴 수가 없으니 마
음대로 할 수가 없었다. 몸을 뒤틀고 허리를 침대에 기대고 해서
어찌해서 옷을 입었다. 몸을 움직이기 어렵고 팔이 너무 아프니까
잠시지만 겁이 나더라고 했다. 일어나자마자 경로당 회장에게 전
화해서 문의를 해봤는데 자기 경험으로는 그런 경우 신경외과가
더 효과가 좋다는 얘기를 했단다. 그래서 오늘 당장 신경외과에 가
보시라고 하고는 전화를 끊었다. 나는 마음이 우울해졌다. 좀 슬
퍼지기도 했다. 엄마가 불쌍해져서……. 어깨를 늘어뜨리고 침대
에 걸터앉아 있는데 토령이가 살금살금 다가왔다. 이럴 때는 소리
도 내지 않고 스르르 미끄러지듯이 오니 오는 줄도 모른다. 요놈은
내 어깨 위로 뛰어올라 그 보드라운 털을 내 목에 착 달라 붙였다.
따스했다. 차가워진 내 마음이 차츰 따뜻해지기 시작했다. 요놈은
앙증맞은 입으로 내 얼굴도 비비고 귓불도 잘근잘근 씹었다.

엄마는 매일 출근하다시피 경로당에 간다. 친구들과 얘기 풀어
놓는 재미도 쏠쏠하고 겨울에는 따뜻하게 지낼 수 있고 여름에는
시원하게 지낼 수 있기 때문이다. 그런데 한동안은 갈 수가 없었

엄마의 삶에 스며들다

다. 겨울에는 난방비로 구청에서 지원이 나오는데 전임회장이 이 돈을 제대로 쓰지 않고 자기 집 난방에 써버렸던 모양이다. 그러니 경로당은 정상적인 난방을 못해 추울 수밖에 없었고 일부 회원이 회장을 바꾸자는 요구를 하게 되었다. 이 과정에서 양측이 싸웠다.

이 일은 구청에도 알려졌고 구청에서는 당분간 경로당을 폐쇄한 다고 했다. 해결될 때까지라는 단서를 달았지만 그렇다고 폐쇄를 하다니 이건 좀 너무하지 않은가. 노인들 대부분은 밤에만 잠깐 난방을 하고 낮에는 기름값 아끼느라 난방을 하지 못한다. 그런데 일을 쉽게 처리 하려고 노인들을 집에서 추위에 떨게 하다니 화가 났다. 난방비 떼먹는 철면피도 화나기는 마찬가지였다. 80년을 넘 게 살았어도 치졸한 정신은 고쳐지지 않는 모양이다.

나는 구청의 담당자를 향해서도 화를 퍼붓고 전임회장이란 작 자를 향해서도 화를 퍼붓다가 전화를 끊었다. 그때 토령이가 나를 빤히 쳐다보고 있었다. 그러더니 폴짝 뛰어서 내 무릎 위에 올라 왔다. 얼굴을 치켜들고 까만 수정 같은 눈알을 크게 뜨고 입을 오 물오물 거린다. 뭔가 말을 하려는가 보다. 나는 그 수정 같은 눈 속 으로 내 몸 전체가 빨려 들어가는 것 같았다. 그 안은 한없이 넓고 고요했다. 달아오른 감정이 차분히 가라앉는 걸 느꼈다.

나는 나의 모든 감정을 요놈에게 다 들키는 것 같았다. 그렇지만 기분이 나쁘지는 않았다. 오히려 나의 기분을 적절히 전환해주고 조절해 주어서 하루를 상쾌하게 보낼 수 있도록 해주었다. 곰곰이 생각해 보니 나보다는 엄마에게 요놈이 더 필요할 것 같았다. 엄마는 낮에 경로당에 가는 걸 빼면 나머지 시간은 늘 혼자 지내야 했다. 밤에는 더욱 적적하다. 가끔은 너무 외로워 우울해질 수도 있다. 무료한 상태에 있다 보면 인생의 많은 부분을 잃어버렸다는 상실감에 빠질 수도 있다. 이럴 때 누군가 옆에 있어서 감정을 같이 나눌 수 있다면 얼마나 마음이 따스해질까?

서로의 온기를 느끼며 안아줄 수 있으면 아득했던 외로움이나 쓸쓸함도 많이 사라질 것이다. 엄마는 이러한 감정을 말로 표현하지 않는다. 어린 시절부터 많은 시련과 고통, 외로움을 혼자서 견뎌내는 습관이 몸에 배어서 말로 표현하지 않고 속으로 삭히는 게 일상이다. 말보다는 토령이처럼 보드라운 털을 얼굴에 비비거나 새근거리는 맥박의 소리를 가슴에 전달하는 게 훨씬 더 효과가 있을 것이다.

잠자다가 다리에 경련이 오면 다리가 뒤틀리고 아파서 혼이 다 빠지는 것 같다. 이럴 때 누가 갑자기 달려가 줄 수도 없다. 밖은 아직 캄캄한데 누군가에게 오라고 전화할 수도 없고 혼자서 이불 위에서 용을 써야 한다. 허벅지도 주물러보고 다리를 뻗쳐서 침대 모서리에 문지르기도 하고 뒹굴어 보기도 한다. 온몸에 힘이 다 빠질 때쯤이면 경련이 풀린다. 마음이 심란해진다. 누구라도 옆에서 말을 좀 걸어줬으면 좋겠다. 사람의 인기척이라도 있으면 마음이 덜 허전하겠다. 이럴 때 토령이가 있으면 외로움을 달랠 수도 있고 훨씬 더 편안하게 하루를 보낼 수 있을 것이다.

토령이를 엄마에게 데려다주기로 마음을 먹었다. 우선 서울에

엄마의 삶에 스며들다

서 대구까지 갈 동안 들어가 있을 집을 지어야 했다. 불편해서도 안 되고 스트레스를 받아도 안 되니까 좀 크고 널찍하게 지었다. 새집처럼 사방이 트이게 해서 갑갑하지 않도록 철망으로 세워서 예쁘게 지었다. 한쪽에는 누울 수 있게 침대를 놓고 다른 쪽 구석에는 가다가 배가 고프면 먹을 수 있도록 상추 배춧잎, 당근도 좀 챙겨 놓았다. 높이는 앵무새도 잠깐씩 날 수 있을 만큼 높게 했다. 그래야 토령이가 자유롭게 행동할 수 있을 테니까. 이제 밖으로 들어낼 차례다. 집을 들어 올리는데 꿈쩍하지를 않았다. 너무 무거운 건가 아니면 바닥에 달라붙어 버린 건가? 이번엔 좀 더 힘을 세게 써야겠다. 다리에 힘을 주고 팔을 세게 잡아당겼다. 쿵! 나는 침대에서 떨어져 버렸다. 어깨가 아프고 엉덩이도 얼얼했다. 그 바람에 잠에서 깼다. 아, 조금만 더 있다가 잠이 깼으면 토령이를 엄마에게 인계해 주었을 텐데 너무 아쉬웠다.

관절염 이력

엄마와 전화를 하다 보면 가끔 말문이 막혀 말을 잇기 어려울 때가 있다. 목 안쪽에서 솜뭉치 같은 것이 갑자기 뭉쳐 올라와 목구멍을 막아 버리는 것 같다. 목 안이 열이 나면서 화끈거리기도 하고 얼굴도 열이 달아오르는 것 같다. 말을 하려면 목소리가 울렁거려, 울면서 말하는 느낌이 든다. 이런 느낌이 엄마에게 전달될까 봐 잠시 말을 하지 않는다. 내 목소리가 울먹거리면 엄마의 마음도 울적해질 거고, 엄마에게 '내가 왜 이렇게 나이를 많이 먹어 애들 고생시키나' 하는 푸념을 하게 만들까 봐서 나의 그런 감정을 들키고 싶지 않다. 전화기를 들고 잠시 있으면 좀 누그러진다. 그러면 다시 말을 꺼낸다.

극히 예외적인 경우를 제외하면 내가 항상 전화를 하니, 나는 전화기를 들고 엄마가 전화를 받기를 기다린다. 전화기를 들 때 소리 없이 사뿐히 들어 올리는 느낌이 들면 그날의 몸 상태는 괜찮은 것이다. 그러면 일단 안심이 된다. 전화기를 들어 올릴 때 전화기가 옆으로 굴러떨어지는 걸 다시 주워 올린 것 같거나 떨그럭떨그럭 소리가 나면서 들어 올리면 좀 불안해진다. 지난밤에 팔이나 어깨가 아파서 잠을 설쳤거나 손가락 쥐는 힘이 약해져서 그런 것이다. 어떤 날은 밤에 허벅지와 다리 쪽에 경련이 나서 밤새 다리를 뻗대거나 주물러 보기도 하고 뒹굴기도 하다 보니 몸에 힘이 빠져서 그런 경우도 있다. 그러니 전화기를 가볍게 들어 올리지 못하는 것이다.

때로는 아예 전화를 받지 않는 때도 있다. 엄마의 시간 계획을 대략 알고 있기 때문에 분명히 집에 있을 시간인데 전화를 받지 않으면 불안해진다. 잠시 후 해보고 또 해보고 오전에 대여섯 번을 해본다. 이러다가 오후 1시경에 전화를 받기도 한다. 평소 같으면 경로당에 가고 집에 없을 시간인데. 어디 갔다 오셨냐고 물어보면 병원에 갔다 오느라고 늦었단다. 병원이 집에서 400~500m 정도인데 전에는 한두 시간이면 다녀왔는데 이제는 중간에 몇 번 쉬기도 하고 걸음도 느리니까 세 시간이나 걸린다고 한다. 이런 얘기를 들을 때는 정말 눈물이 난다. 근래에 와서는 걸음이 많이 느려진 것 같다.

며칠 전에는 이런 얘기를 해봤다.

"요즘 길을 가다 보면 노인들이 애들 유모차 같은 걸 밀고 다니던데 그것도 괜찮을 것 같던데요. 지팡이보다 그게 편할 거 같아요."

"그게 편하긴 편해. 가다가 쉴 때는 그 의자에 앉아서 쉬기도 하고. 양손을 밀고가니까 넘어지지도 않고. 그런데 나는 아직 걸어 다녀. 그것도 살려면 이십만 원은 줘야 해."

경로당에서 만나는 친구들은 다 유모차를 끌고 다니는데 엄마는 아직 멀쩡하게 걸어 다니니까 '그래도 아직은 건강하다'라는 자부심을 가진 말투였다. 나도 이 말에는 완전히 동의한다. 지팡이를 짚거나 유모차를 밀고 다니게 되면 다릿심이나 허릿심이 약해질 수 있고, 한 번 그렇게 되면 계속 그런 것에 의지해야 되기 때문에 걸어 다닐 수 있다면 속도가 느리더라도 걸어 다니는 게 훨씬 낫다. 건강한 사람도 병원에 몇 달간 입원하고 나면 다리에 힘이 빠져 재활 훈련을 해야 하는데, 노인이 몸을 움직이지 않게 되면 앞으로 걷는 것을 포기해야 할지도 모른다. 나는 느리게 걷더라도 되도록 매일 조금씩 걸으라고 권한다. 그렇게 해야만 소화도 잘되고 또 식사 때가 되면 먹을 수도 있으니까. 그렇지만 다리가 아프다는 말, 어딜 갔다 오는데 시간이 얼마나 걸렸다는 말, 100m를 걷는데 몇 번을 쉬었다는 말을 들으면 가슴이 아려온다.

엄마가 다리가 아프기 시작한 건 50세가 될 때였다. 걸을 때 다리가 아프고 허벅지와 종아리가 땅겨 병원에 다녔다. 그때 이후 완전히 나은 적은 없다. 약 먹을 땐 좀 났다가 시간이 지나면 다시 아프기를 반복했다. 팔다리를 너무 무리하게 쓴 데다 나이가 들어가므로 노화가 진행되어 완치되기가 어렵다고 했다. 한때는 대구 근교의 칠곡에 있는 나환자전문병원에서 약을 지어오기도 했다. 그곳의 약이 일반약국보다 더 잘 듣는다는 소문을 듣고 멀리까지 갔었다. 나중에 얘기를 들으니 그 병원의 약이 좀 독하다는 소문이 있어서 그만두었다. 결국 소문따라 갔다가 소문 듣고 그만둔 것이다. 아픈 사람은 어디가 좀 낫다는 말만 들어도 귀가 솔깃해진다. 당장 아픈 걸 참는 것보다는 안 아프게 해주는 곳이 잘하는 곳이라는 생각이 드니까 어쩔 수 없다.

그렇게 약을 먹으며 지내던 중 팔도 아프기 시작했다. 팔은 다리와 마찬가지로 관절 약을 먹으며 같은 진료를 받아왔다. 69세가 되던 해에는 손이 너무 저렸다. 팔은 뻣뻣하게 굳는 것 같았다. 걸음도 걷기가 불편해졌고 코에서는 콧물이 나며 콧속에서 바람이 나오는 것 같았다. 이럴 때 엄마는 주로 주위 사람들에게 먼저 물어보는 편이다. 이웃 사람들이나 친구분들 또는 친인척 등 나이 많은 사람들 중에서 비슷한 증상이 있었는지 어느 병원이 잘하는지 이런 걸 잘 물어본다. 그때 누군가 '침을 잘 놓는 사람이 있다'고 얘기를 한 것 같았다. 정상적으로 한의원 간판을 걸어놓고 하는 곳이 아니고 그냥 집에서 침놓아주는 곳 이다.

요즘도 무면허로 침술을 시술해주는 곳이 가끔 뉴스에도 나오곤 하는데 예전에는 이런 곳이 많았던 것 같다. 어쨌든 '침 잘 놓는다는 사람'에게 가서 침을 맞았다. 그런데 그게 문제가 있었다. 침을 맞고 나서 팔을 들어 올릴 수도 없게 되었다. 침을 맞기 전에는 팔이 아프기는 했어도 팔을 어깨 위로 들어 올릴 수는 있었는데 침을 맞은 후에는 팔을 들어 올리려고 하면 너무 아파서 팔을 들

수가 없었다. 이때 왼쪽 어깨가 아파서 침을 맞았는데 이때 이후로 왼쪽 팔과 어깨를 사용하는데 불편이 컸다. 그 후에 정형외과에 다니면서 많이 개선되기는 했다.

74~75세가 될 무렵에는 오른쪽 어깨가 아파 왔다. 왼쪽 어깨 아플 때와 증세가 비슷했는데 정형외과에 가서 사진도 찍고 정밀검사를 했다. 검사결과 힘줄이 네 개나 떨어졌다. 하나는 구멍이 생겼고, 물이 생겼고, 부어있다는 진단이 나왔다. 물리치료도 받고 약도 꾸준히 먹고 하지만 완전히 낫지는 않았다. 좀 더 했다가 덜 했다가 하는 정도였다. 의사의 말로는 노화로 인해 생기는 것이라서 완치는 어렵다는 것이었다. 그때 이후로 양쪽 어깨가 다 아파 옷을 입고 벗는 것도 힘들어졌다. 증세가 좀 심해질 때는 왼팔로 오른팔을 들어올려야 오른팔을 사용할 수 있고, 반대로 오른팔로 왼팔을 들어올려야 왼팔을 사용할 수 있었다. 그러니까 옷을 입고 벗기가 너무 힘든 것이다.

몇 해 전 경로당에 있는데 어깨와 팔이 너무 아파서 도저히 머물러 있을 수가 없어서 서둘러 집으로 오신 적이 있다. 저녁 무렵이라 병원도 문을 닫았을 시간이고 뭐 따뜻한 거라도 끓여 마시려고 찬장을 뒤져 보는데 산초 열매가 있었다. 엄마는 그것을 뜨겁게 달여서 몇 잔을 마셨다. 그리고 잠시 있었는데 어깨와 팔의 통증이 많이 누그러졌다. 그 산초 열매는 내가 그해 늦은 여름 산에 갔다가 발견해서 뜯어온 것이었다.

예전에 시골에서 살 때 이런 것은 약으로도 쓰고 식용 기름으로 짜서 먹기도 했다는 엄마의 말을 듣고 따온 것이었다. 그 당시에는 기침이나 천식 증세가 있을 때 이걸 달여서 먹기도 했다고 한다. 다음 날 아침 전화를 했는데 엄마는 산초 열매로 효험을 봤다고 기뻐하셨다. 그게 실제로 효과가 있는지는 잘 모르지만, 엄마가 그걸 끓여 마시고 통증이 누그러졌다니 나로서는 반가울 수밖에 없었다. 아마 플라세보 효과일 수도 있다. 배가 아픈 사람이 병원에 갔는데 의사가 진찰하고 약을 주는데, 진짜 약이 아니고 진짜 약과 똑같은 형태의 영양제를 주어도 아픈 게 낫는다는 플라세보 효과. 어깨가 너무 아파서 뭔가 약을 먹어야겠다는 간절한 생각이 있을 때 따뜻한 물이라도 들어가니까 심리적으로 안정이 된 게 아닌가 하는 생각이 든다. 그렇더라도 나는 기분이 좋았다. 다음 해부터는 산초 열매를 따서 발효액을 만들어 갖다 드렸다.

많이 아플 때는 고령군에 있는 약국에 가서 약을 지어 오기도 했다. 누군가로부터 소문을 들었겠지만, 그 약국이 관절염 특효약을 제조해 준다는 말을 들어서였다. 버스를 타고 한 시간 반 가량 걸리는데 약국 앞에서 또 줄을 한참 서야 한다. 요즘 병원처방전이 없으면 약을 살 수 없는데 아마 병원이 없는 시골에는 이게 적용이 안 되는가 보다. 그 약국에서는 환자의 얘기를 듣고 관절 부분이 아프다는 말만 하면 무조건 똑같은 약을 준다. 그걸 사려고 노인들이 줄을 선다는 것이다. 멀리서 오는 노인들이 많다고 한다. 그 약을 먹으면 우선 통증이 많이 사라진다고 한다. 다만 가끔 위장의 느낌이 좀 안 좋을 때가 있다고 한다. 소화가 조금 잘 안 되는 듯할 때도 있고 속이 좀 불편할 때도 있다. 그렇지만 당장 어깨와 팔이 너무 아프니까 먹게 된다.

엄마는 그 약을 지어 오면 한 봉지만 먹는다. 그리고 남겨 두었다가 다음에 또 많이 아플 때 한 봉지 먹는다. 나는 참을 수 있으면 그 약을 먹지 말라고 한다. 확실한 건 모르지만, 통증을 없애주는 마약 성분이나 혹은 강력한 진통제로 약을 지은 것이 아닌가 하는 의심이 들기 때문이다. 엄마도 몇 번 그 약국에서 약을 지어 먹다가 요즘은 가지 않는다. 엄마 역시 나와 같은 의심이 들기 때문이다.

나이가 든다는 것은 노화가 진행된다는 말과 다름없다. 엄마의 관절도 햇수가 지나감에 따라 조금씩 더 노화가 진행되는 것 같다. 뼈와 뼈가 부딪힐 때 완충 역할을 해주는 연골이 차츰차츰 닳아서 이젠 거의 마모가 된 듯하다. 꾸준히 약도 먹고 치료도 받지만 역시 세월의 무게를 감당하지는 못하는 것 같다. 엄마는 조금씩 더 통증을 느끼게 되었다. 작년부터는 다리와 허벅지에 경련이 심해졌다.

쥐가 난다는 얘기인데 처음에는 쥐가 나더라도 쉽게 풀리곤 했다. 최근에는 엄청나게 심해졌다. 특히 한밤중에 잠을 자는 중에 잘 생기는데 종아리에서 허벅지까지가 마치 꼬챙이처럼 뻣뻣해지고 때로는 밤알처럼 똘똘 뭉치기도 하며 엄청나게 아프다. 그러면 잠자다 일어나서 마구 주무르고 다리를 바닥이나 침대 모서리에 뻗대기도 하며 진을 빼야 한다. 이럴 때는 정말 혼자 산다는 게 얼마나 불편하고 힘든 것인가를 깨닫게 된다. 누군가 옆에 있으면 이럴 때는 커다란 도움이 될 텐데…….

엄마는 지난주부터 병원을 바꿨다. 그동안 정형외과를 갔었는데 지난주에는 신경내과를 갔다. 이것도 주위의 노인이 자기의 경험으로 추천한 곳이었다. 그 병원을 갈 때만 해도 다리가 오그라들어 펴기도 힘들었고 화장실 가기도 힘들었는데 좀 나아졌다는 것이다. 신경치료 후에 완전히 낫지는 않았지만, 통증이나 다리의 움직임이 훨씬 나아질 것이라고 했다고 한다. 다행히 치료 후에 많이 좋아졌다. 병원에서 돌아올 때 걸음걸이가 아주 편해졌고 통증도 많이 완화되었다.

■

오래 살고 싶은 것은 모든 사람의 소망이다. 이 소망을 달성하기 위해 인간은 수많은 노력을 기울여왔다. 신체의 단련을 통해서 수명을 연장하기 위한 노력도 하고 약을 먹어서 생명을 연장하려는 시도도 끊임없이 이루어지고 있다. 그런 결과 실제 인간의 수명은 많이 길어져서 이젠 노인의 숫자가 과거 어느 때보다 많아졌다.

노년이 되어서도 행복하게 살 수 있는지 아니면 불행하게 살게 될 건지 하는 것은 육체가 건강한지 아닌지와 밀접한 관련이 있다. 노인이라고 해서 골방에 갇혀 살아야 하는 것은 아니다. 옛날 노인들이 집안에서 갇혀 살았던 것은 그 이유가 있다. 스스로 걸어서 돌아다닐 수 있으면 좁은 울타리에서만 살아갈 이유가 없다. 몸을 움직이기 위해 다른 사람의 도움을 받아야 한다면 움직이는 것 그 자체를 포기해버릴 가능성이 크다. 부모가 바깥출입을 하기 위해 일일이 자식을 불러야 한다면 부모는 자식에게 번잡함을 주지 않기 위해 방안을 행동범위로 한정해버릴 수가 있다.

젊을 때는 더 많은 것을 생산하고 더 빨리 증가하기 위해 바쁘게 살았다면 노년이 되어서는 더 평화롭고 더 여유로운 삶을 위해서 시간을 투자할 필요가 있다. 자주 만나지 못했던 친구도 만나보고 과거의 역사가 살아있는 유적지도 찾아가 보고 마음의 안정을 위해서 산속의 숲길도 걸어보는 게 좋다. 그러기 위해서는 젊은 시절만큼의 강건한 육체는 아니더라도 스스로 걸어 다닐 수는 있어야 한다.

가끔 착각에 빠지는 경우가 있다. 노인은 조용히 살아야 하고 집에서 애기나 봐야 하고 그렇지않으면 경로당에서 노인들끼리 소일하는 게 당연한 걸로 생각하는 것이다. 이것은 노인이 되어보지 못한 사람들이 가지는 편견이다. 노인도 보고 싶은 것도 가고 싶은 데도 많다. 훌륭한 예술품을 감상해 보고 싶고 새로 나온 문화도 체험해 보고 싶다. 그렇게 하지 못하는 건 육체가 말을 듣지 않거나 돈의 여유가 없어서일 뿐이다.

우선 가장 중요한 것은 다리가 아프지 않아서 가고 싶은 곳을 마음대로 갈 수 있다는 것이다. 나는 엄마의 다리가 빨리 나아서 마음대로 다닐 수 있었으면 좋겠다. 지금 완전히 낫기를 바라는 것은 너무 큰 꿈이겠지만 적어도 여행을 하고 만나고 싶은 사람을 만날 수 있을 정도로만 치유되면 좋겠다. 엄마에게도 예전에는 친한 친구가 있었을 것이다. 금강산이든 백두산은 또는 더 멀리 에펠탑이든 마음속에 아련히 묻어둔 곳이 있을 것이다. 그런 곳을 마음대로 다닐 수 있도록 다리가 빨리 나으면 좋겠다.

■

중국의 왕일민이란 사람이 어머니를 위해 자전거에 수레를 매달고 여행을 다닌 책을 본 적이 있다. 99세의 어머니가 티베트 서장에 가보는 것이 소원이라는 말을 듣고 74세의 아들이 어머니의 소원을 들어주기 위해 여행을 떠난 것이다. 돈이 없어 비행기를 타고 호텔에 잠자는 것은 해줄 수 없지만, 자신의 의지와 정성으로 어머니를 모신다. 자그마치 900일간을 여행한다. 끝내 티베트 서장까지는 못 가고 103세 생일을 며칠 앞두고 어머니는 세상과 이별했다. 그렇지만 어머니는 행복해 했다. '너와 세상 구경하는 동안이 내 인생에서 가장 행복한 순간이었어'라는 말을 남겼다. 그는 혼자 어머니의 유골을 가슴에 안고 서장으로 가서 라싸의 너른 들판에 어머니의 유골을 뿌리고 돌아온다.

2006년 금강산 여행단에 보면 아름다운 가족이 있다. 인천에 사는 42세의 아들이 92세의 아버지를 지게에 지고 금강산을 오른 것이다. 아버지는 몸이 불편해 걷는 것이 힘들었다. 아들은 아버지가 금강산 일만이천 봉을 보고 싶다고 해서, 아버지가 앉을 수 있는 지게를 만들어 금강산여행을 떠났다. 아버지가 보고 싶어하는 봉우리를 하나하나 걸어서 올랐다. 지게의 무게 15kg에 아버지의 몸무게까지 겹쳐서 그의 어깨와 등은 헐고 핏줄이 발갛게 돋아났지만 그의 마음은 즐거웠다. 아버지의 소원을 들어줄 수 있었기에 가능한 일이었다. 형과 누나도 함께 여행을 갔지만, 아버지를 지고 가는 것은 젊고 강한 그가 맡았다.

이런 사람들을 보면 정말 존경스럽다. 누구나 생각 할 수는 있지만 그걸 실행에 옮기는 것은 쉽지가 않다. 나에게도 그러한 배짱과 용기를 가질 수 있는 날이 오면 좋겠다.

근심거리

추석이나 설날 등 명절에는 우리 여섯 형제
가 모두 모였다. 전부 결혼했으니 형수, 아내, 제수, 자형, 첫째 매
제, 둘째 매제까지 모이면 안방이 가득 차서 자리가 비좁다. 할머
니는 건넌방이나 거실에 있을 경우가 많았고 아버지와 엄마는 대
개 함께 앉았다. 아이들도 있었으니 거실, 건넌방도 빈자리가 없을
만큼 집안이 사람으로 가득 찼었다. 할머니는 사람 사는 냄새가
난다고 좋아하셨다. 방안에 앉은 사람들은 술잔을 돌리며 얘기하
고 바깥에 있는 아이들은 뛰고 울고 깔깔거리고, 이 모든 소리가
어울려 항상 시끌벅적했다. 그래도 사람 사는 집에는 사람 사는
훈기가 나야 한다고 할머니는 이런 걸 좋아하셨다.

이런 자리에서 아버지는 가끔 '가족 간에 우애가 있어야 한다'고
말씀하셨다. 이 얘기의 저변에는 우리 형제들 사이에 뭔가 좀 따

뜻한 정이 부족하다는 뉘앙스를 풍겼다. 아버지는 평소 말이 거의 없었다. 술을 한잔 할 때는 말을 하는 횟수가 좀 늘어났다. 엄마는 다변은 아니지만, 아버지보다는 말을 많이 하는 편이다. 우리 형제들은 이런 피를 이어받았는지 같이 앉아 있어도 수다스럽게 말을 하지는 않는다. 꼭 필요한 말만 하는 편이다. 아버지가 보기에 끈끈한 형제애가 부족하거나 서로 간에 너무 덤덤한 관계인 것처럼 보였던 것 같다. 아버지는 그런 것에 불만이 있었던 것 같다. 형제들끼리 시끄러울 정도로 대화하고 때로는 집이 날아갈 정도로 웃기도 하고 가끔 의견이 안 맞아 티격태격하기도 하고 어떤 때는 같이 놀러도 가는 그러한 관계가 되기를 바라셨던 것 같다.

내가 돌이켜볼 때 우리 형제들은 한 집에서 복닥복닥 하게 자랄 때도 서로 얼굴을 붉혀가며 싸운 적이 없었다. 형제 많은 집에서는 형제끼리 싸우는 게 많다는데 우리는 예외였다. 어찌 보면 순종형이랄까 또는 모범생 스타일이랄까 하는 그런 성품들이었다. 되도록이면 형이나 누나의 의견에 따라주고 마음에 좀 안 맞더라도 동생이 속내를 표시하지 않으며 참았다. 억지로 참으면 얼굴에 불만이 섞인 표정이 나타나고 그러면 상대도 금방 알아챌 수가 있으니, 그것보다는 형이나 누나의 의견에 '무슨 뜻이 있어서 그러겠지.' 하는 심정으로 수긍해줬다는 표현이 더 적절할 것 같다. 이상하게도 한 사람도 설치지 않고 여섯 형제가 다 이런 성품을 가지고 있었다. 그러니 크게 싸움을 할 일이 없었다. 이렇게 되니 집안은 항상 조용한 편이었고 서로 말도 많이 하지 않았다. 아버지는 이게 서로 우애가 부족해서 그런 게 아니냐는 생각을 하셨던 것 같다.

할머니는 얘기를 조곤조곤 잘하셨다. 짚신장수 우산장수 얘기도 몇 번 하셨고, 어디 나들이 갔다 오시면 거기에서 들은 얘기며 다녀오신 내용을 조용조용하게 잘 풀어나가셨다. 아버지가 할머니의 유전자를 잘 이어받았다면 얘기를 잘 하셨을 텐데, 그런 점은 유전이 안 되었나 보다. 옛날에 짚신을 삼아서 시장에 내다 파는 사람이 있었다. 시장에는 짚신을 파는 사람이 몇 있었는데 유독 그 사람 것만 잘 팔렸다. 그 후 아들이 장성해서 그 아들도 짚신을 삼아서 시장으로 갖고 나갔다. 그런데 그 아비의 것은 다 팔았는데 아들은 한 켤레도 팔지 못했다. 집에 돌아온 아들은 아버지에게 어떻게 하면 잘 팔 수 있는지 가르쳐 달라고 했지만, 아버지는 가르쳐 주지 않았다. 그러다 아버지가 죽음이 임박했을 때 아들을 불렀다. 그리고 임종하면서 마지막 말로 '털, 털, 털…' 하면서 죽었다. 아들은 그제야 자신의 짚신이 팔리지 않은 이유를 깨달았다. 짚신은 볏짚으로 만드는데 짚신을 만들고 난 뒤 볏짚에서 나온 보푸라기를 잘 떼야 한다는 말이었다. 할머니는 이 얘기를 하면서 남보다 뭔가 달라야 남보다 더 나아질 수 있다고 하셨고, 장사에 있어서는 부모와 자식 간에도 경쟁이 있다고 하셨다. 우리에게 좀 더 나은 생각을 가지라는 뜻을 전하려고 하신 것 같았다.

옛날에 우산장수를 하는 아들을 둔 어머니가 있었다. 아들은 비가 올 때는 우산을 팔고 햇빛이 날 때는 양산을 팔았다. 그런데 어머니는 비가 오는 날은 아들이 양산을 못 판다고 걱정을 하고 햇빛이 나는 날은 우산을 못 판다고 걱정을 했다. 할머니는 이 얘기를 하면서 너무 걱정만 많이 하지 말라고 하셨다. 우리가 시험에 떨어지거나 하던 일이 잘못되어 낙담하고 있을 때 이 얘기를 해주셨다. 아무리 어려운 상황일지라도 헤쳐나갈 구멍이 한 군데는 생긴다고 하면서……. 거꾸로 생각해 보라고도 하셨다. 비가 오는 날은 우산을 팔아서 좋고 햇빛이 나는 날은 양산을 팔아서 좋고. 할머니는 옛날에 들은 이야기도 잊지 않고 있다가 가끔 우리에게 이야기 해주셨다. 말소리도 크지 않게 나긋나긋, 조곤조곤 얘기하셨다. 이런 걸 아버지에게 물려줬으면 좋았을 텐데……. 그러면 우리에게까지 이어지지 않았을까?

할머니는 가평이씨 양반집에서 태어나 여자가 지녀야 할 품위와 예절에 대한 가정교육을 잘 받은 것 같았다. 양반집이라고 하는 데는 이유가 있다. 내가 여섯 살이었을 때 할머니와 함께 할머니의 고향 집을 방문한 적이 있었다. 그 집 어른들이 귀한 손님이 왔다고 하면서 어린 나에게 집안의 가보를 보여 주었다. 가보는 천 보자기에 싸여 있었는데 풀어보니 벼루였다. 벼루의 상단에는 용 두 마리가 머리를 틀고 있는 조각이 새겨져 있었다. 조선 시대 선조임금으로부터 하사받은 것이라고 했다. 천 보자기도 그때 받은 그대로였는데 요즘의 벨벳 천과 비슷한 촉감이었다. 내가 너무 어려서 그 당시에는 잘 몰랐지만, 훗날 생각해보니 그건 가보로서 충분한 가치가 있는 보물이었다.

엄마는 주로 아버지와 할머니의 말을 듣는 편이었는데 아버지가 말하는 우애 있어야 한다는 말에 동조 하셨다. 거기에 덧붙여서 화목한 가정이 되기를 바라셨다. 나중에 아버지가 돌아가신 뒤에는 아버지가 쓴 붓글씨 '가화만사성'이란 한문글자를 거실벽에 붙여 놓기도 하셨다. 가족들 사이에 사이좋고 다툼이 없어야 한다는 생각이셨다.

■

엄마에게는 세 명의 사위가 있다. 자형, 첫째 매제, 둘째 매제가 그들이다. 자형은 천성이 좀 너그럽다. 형제 많은 집안의 장남으로 자라서, 그런 성품이 몸에 뱄는지 모난 행동이나 말을 하지 않는다. 되도록이면 다른 사람들과 부딪치거나 언쟁이 될만한 말을 하지 않으려 노력한다. 가족들과 한자리에 앉아 있으면 분위기를 맞추기 위해 우스갯소리도 잘하고 뒷자리에 물러나 있는 애들에게도 농담을 잘 걸어 자리가 무거워지지 않도록 한다. 알고 있는 것이 있어도 아는 체하지 않는다. 차분하게 들어보면 아는 게 실제로 많다. 그렇지만 스스로 어수룩하게 보이려고 애쓴다. 손자가 주장하는 허허실실전법을 구사하는 것을 보면 손자병법을 한 번 정도는 읽어본 것 같다. 아마 그렇게 하는 것이 사람을 대하는 데 좋다고 여기는 것 같다. 겉으로는 그렇더라도 속은 알차다. 어렵게 결혼생활을 시작해서 재산도 제법 모았고 애들도 다 훌륭하게 키웠다. 이제는 은퇴했지만 살아가는 데 크게 부족함이 없다. 자형이 신혼 생활 할 때, 방 한 칸에 조그만 부엌 딸린 집을 세를 내었다. 짐을 옮길 때 나도 그 짐을 거들어 주었다. 그렇게 시작해서 자식들 모두 남부러워하는 번듯한 직장을 갖고 있고, 노후생활에 큰 문제 없으니 어느 정도 성공한 삶을 살았다고 해도 틀리지 않는다.

첫째 매제는 다른 사람에게 베풀기를 좋아한다. 아마 젊은 시절에는 나름대로 큰 꿈을 가졌던 것 같은데 생활이 그렇게 순탄하게 풀려가지 않아 행동이 마음을 따라가지 못한다. 그래도 원래의 호방한 성격은 없어지지 않았다. 남에게 뭐든지 주는 것을 좋아한다. 고향인 합천에 다녀올 때는 빈손으로 오는 법이 없다. 감이며 밤, 대추, 은행알 등을 한 봉지씩 가져와서 엄마에게 주고 간다. 그런 걸 보면 부지런한 편이다. 감이나 대추는 고향 집 주위에 있는 걸 따서 오겠지만, 밤과 은행알은 합천 주변의 산에 가서 주워 오는 것이다. 고향에 다녀오는 것만도 시간이 걸리고 이것저것 챙길 게 많을 텐데, 엄마에게 갖다 주려고 산에 올라가서 밤과 은행알을 주워 오다니 보통 정성이 아니다.

여름철 바닷가에 놀러 갔다 올 때는 싱싱한 물고기를 가져와서 아버지에게 안주 삼아 드시라고 전해 준다. 막걸리 제조공장에 다닐 때는 막걸리도 한 상자씩 갖다 준다. 그래서 아버지는 첫째 매제를 아주 좋아했다. 막걸리는 서울 있는 나에게도 가끔 한 상자씩 보낸다. 덕분에 나는 하루에 막걸리 한 잔씩, 한 달 내내 마신다. 이렇게 뭐든지 생기면 자기 먹는 것보다 다른 사람에게 나눠주는 것을 좋아한다. 그만큼 정을 표현하기를 좋아한다. 첫째 여동생은 어릴 때 욕심이 많고 깍쟁이처럼 보였는데, 요즘은 남편을 닮아 가는지 베풀기를 좋아한다. 나눔과 봉사는 전염성이 있다고 하는데 매제의 베푸는 마음이 여동생에게까지 번졌는가 보다.

둘째 매제는 천성이 착하고 유순하다. 거짓말을 할 줄 모른다. 살아가다 보면 본의 아니게 선의의 거짓말도 하고 얼렁뚱땅 넘어가는 경우도 있어야 사람 사는 맛도 나는데, 그런 게 없다. 가로세로가 분명하다. 시작이 있으면 끝도 있어야 하고 원인이 있으면 결과도 있어야 한다는 주의이다. 공무원 시험을 두 번이나 합격하는 걸 보면 머리가 나쁘거나 공부를 못하는 건 아니다. 오히려 그 반대일 가능성이 크다. 그런데도 이런 생각과 습관을 유지하는 걸 보면 천성이 바르게 살지 않으면 안 되는 성품인 것 같다. 같이 모여서 얘기하다가 뭔가 잘못된 정보를 얘기하면 그걸 똑바로 바로 잡아줘야 직성이 풀린다. 그게 우리에게 도움이 되는 것이든 아무런 관련이 없는 것이든 상관없이 어쨌든 바르게 알려줘야만 하는 것이 자신의 사명이라고 생각하는 듯하다. 혹시라도 제대로 알지 못하고 얘기하다가는 그에게 조목조목 설명을 들을 각오를 해야 한다. 대부분의 사람은 자신과 별로 관련 없는 일에 대해서는 그냥 흘려버리는 데, 이런 것도 그는 그냥 지나치지 않는다. 그러니 상당히 꼼꼼한 성격이다. 또한, 차분한 성격이어서 그렇게 말을 하면서도 서두르지 않고 상대방이 알아들었다고 판단될 때까지 끝까지 얘기한다. 계산도 정확하다. 나가는 것과 들어오는 것이 분명하다.

세 사람이 공통으로 가진 점도 있다. 우리 형제들은 아버지의 유전자를 물려받았는지 모두 술을 잘 마신다. 술을 마셔도 얼굴이 금방 붉어지지 않고 술의 종류도 별로 가리지 않는다. 막걸리 소주 양주 와인 등 가리지 않고 있는 대로 마신다. 아버지가 술을 너무 많이 마셨기 때문에 아버지가 계실 동안 나는 되도록이면 집에서는 술을 마시지 않으려고 노력했다. 하지만 나 역시 술을 마시다보면 친구들 못지않게 마시는 편이다. 피를 이어받지 않았는데도 엄마의 사위 세 사람도 다들 술을 잘 마신다. 어떻게 그런 사람을 골라서 택했을까? 두 사람은 엄마가 고른 것도 아니고 누나와 여동생이 연애해서 결혼했는데 우리 집에 딱 맞는 사람을 골랐다.

명절에 다 같이 둘러앉아 얘깃거리를 늘어놓다 보면 금세 한두 병이 없어진다. 술이 조금 들어가면 말도 많아지고 맹숭맹숭하던 분위기도 사라지고 좋다. 다락방이며 부엌에 숨겨 놓았던 소주, 막걸리, 정종 등이 종류와 관계없이 밖으로 나온다. 사람이 많으니 비워지는 술병이 많지만 그렇다고 술에 취하도록 권하지는 않는다. 이제까지 30년이 넘었지만, 술이 곤드레만드레할 때까지 간 적은 없다. 할머니 아버지 엄마가 다 같이 있는 자리이니 절제가 안 될 수 없다. 어른들도 이런 분위기를 은근히 좋아하셨다.

엄마의 삶에 스며들다

이렇게 사이좋은 관계였는데 근래 들어 엄마에게 근심거리가 생겼다. 자형과 첫째 매제 사이에 뭔가 껄끄러운 일이 생긴 것이다. 자형과 첫째 매제는 사이가 아주 좋았다. 처음부터 한동안은 친형제보다도 더 친근하게 서로 도와가며 지냈다. 양쪽 집도 한동네에 가깝게 살았다. 자형이 식품대리점을 운영할 동안에 물건이 입고되어 일손이 부족하면 매제가 달려가서 거들어 주기도 하고 자형의 고향에서 농사의 일이 바쁠 때는 시골에 같이 가서 채소 모종이나 수확하는 것도 거들어 주었다. 매제는 자기 집의 일을 제쳐 두고라도 자형의 일이 바쁠 때는 물건을 올리고 내리는 것을 도와준 다음에 집안일을 했다. 이렇게 하면서 신뢰도 쌓고 정도 많이 들었다.

언젠가 자형이 자금이 필요할 때 매제가 집을 담보로 제공하여 은행의 대출을 받을 수 있도록 해주었다. 그래서 필요한 돈을 융통해서 요긴하게 사용할 수 있었다. 몇 년 뒤에는 매제가 주택을 구매하게 되었는데 돈이 좀 부족해서 은행대출을 받아야 하는 처지가 되었다. 매제는 자형에게 도움을 요청했는데 당시 자형에게 뭔가 사정이 있어서 그 요청을 거절할 수밖에 없었다. 이런 일이 있고 나서 두 사람 간의 우정에 금이 가게 되었다. 이것이 엄마에게 커다란 근심거리가 되었다. 항상 '가족 간에 우애가 있어야 한다, 화목하게 지내야 한다'는 말을 되뇌면서 살아왔는데 두 사위가 반목하게 되었으니 엄마의 가슴은 답답하기 이루 말할 수 없다.

　엄마 생각으로는 누나의 대처방식에 문제가 있었다고 본다. 자기가 어려울 때 도움을 받았으면 상대가 어려울 때 도와주는 것이 응당 해야 할 일이다. 만약 도와줄 수 있는 형편이 안된다면 시간을 갖고 도와줄 방법을 찾아 보든지 아니면 상대가 이해할 수 있도록 충분히 설명을 해주어야 한다. 그런데 누나는 요청을 받는 자리에서 바로 안된다고 거절했던 모양이다. 물론 그쪽의 사정이 있었겠지만, 사람의 일 이란 게 좀 더 길을 찾아보거나 한 번 더 생각을 해보면 또 다른 방법이 나올 수도 있는 게 아닌가. 그런데 그걸 그 자리에서 단번에 거절한 건 잘못되었다는 것이다. 이 일로 엄마는 누나에게 질책을 했다. 그렇지만 한 번 벌어진 틈은 쉽게 메워지지 않았다. 서로 내왕도 꺼리고 있고 집안의 대소사에서도 뻘쭘한 관계가 되어 버렸다.

　가족끼리 영·남남으로 지낼 수는 없다. 앞으로 집안의 경조사도 계속 생길 것이고 얼굴을 맞대야 할 날이 많은데 이렇게 계속 뻘쭘한 상태로 둘 수는 없다. 그래서 엄마의 근심이 깊어가고 있다.

틀니

지난 추석에 가족들이 둘러앉아 아침 식사를 하는 자리였다. 차례 음식과 과일을 상에 올려놓고 다 같이 먹으려고 하는데 엄마는 뒤쪽에 멀찌감치 앉아서 상 앞으로 다가오지 않았다. 어른이 먼저 숟가락을 들어야 나머지 가족들이 수저를 들고 한 점씩 집어 먹는 게 우리 집안의 식사습관인데 엄마가 상 앞으로 오지 않으니 다들 멀뚱멀뚱하게 앉아 있었다.

"니들 먼저 먹어. 나는 틀니 기둥 이가 부러져 못 먹는다."

하필이면 추석 전날 이가 부러져서 다 함께 먹어야 할 맛있는 음식을 먹을 수가 없었다. 평일이었으면 치과에 가서 빨리 치료를 했을 텐데, 추석 연휴에 문을 연 치과도 없어서 할 수 있는 것이 없었다. 우리는 준비한 떡, 꼬치, 전, 과일도 먹고 있는데 엄마는 홀로 물에 밥을 말아서 먹고 계셨다. 우리끼리 먹기가 정말 미안

해서 전과 과일을 잘게 썰어 드렸는데 그래도 잇몸이 너무 불편하다며 몇 조각밖에 드시지 않았다.

엄마의 이가 부실해진 건 오래되었다. 40대 시절에 이미 이가 망가져서 이 두어 개를 갈아 끼웠다. 치과에 가서 한 것은 아니고 면허도 없이 개인 집에서 하는, 당시에 '가짜'로 하는 곳에서 했다. 그때는 면허 없이 가정집에서 치료해주는 사람이 많았다. 이를 빼고 인공 이를 끼워주는 것 침을 놓아주는 것 한약을 지어주는 것 등이 많았다.

건강보험제도가 없었을 때인지라 치료비가 비쌌기 때문에 일반 서민들은 이런 무허가 이 치료를 많이 이용했다. 당연히 치료상태가 부실했을 것이고 뒤탈이 생길 수도 있었다. 장기적인 면에서도 이 관리가 제대로 되지 않았을 것이다. 새로 끼운 이가 쉽게 망가지고 아픈 부위가 잘 낫지 않고 쉽게 재발하더라도 그때는 그걸 항의하거나 치료비 환급 또는 보상과 같은 것을 요구할 것을 생각하지 못했다. 그저 참고 견디거나 다시 치료받으러 가는 것뿐이었다.

50대에 와서는 부분 틀니를 했다. 그리고 2012년 윤삼월에 틀니도 건강보험을 적용해 준다는 말에 다시 부분 틀니를 했다. 틀니를 다시 할 때, 어금니 세 개가 있어서 그것을 기둥으로 삼고 고정했는데 이번 추석 전날 그 기둥 이가 부러져 버린 것이다.

엄마는 젊은 시절에 충치가 생겼다. 당시 시골에 치과도 없었을 뿐더러 아파도 참고 지내는 것이 일상사가 되어서 병원에 가서 치료를 받지 않았다. 아플 때는 찬물을 입에 머금고 있으면 다소 아픈 게 사라졌다. 또 아주까리 열매껍질을 벗기고 구워서 아픈 이빨에 물고 있으면 통증이 많이 없어졌다.

아주까리는 시골에서 상당히 유용하게 쓰였다. 우리 집에서도 해마다 아주까리를 조금씩 재배했다. 아주까리 열매는 독성이 있어서 생으로 먹으면 위험하다. 기름으로 짜서 두었다가 여자들 머릿기름으로 바르면 좋았다. 염증에도 효과가 좋아서 귀에 진물이 날 때 한 방울 떨어뜨려 주면 잘 낫는다. 산이나 들에 일하러 나갔다가 해충에 물리거나 벌에 쏘였을 때 발라주면 통증도 없어지고 독을 빼주는 효과도 있다. 명절에 많이 먹고 체했을 때 기름을 한 숟갈 먹으면 체한 것이 잘 내려간다. 생 기름에는 독이 있으니까 뜨겁게 데워서 먹는 게 좋다. 시골에서는 감을 많이 먹었는데 그러면 변비가 잘 생겼다. 그때 아주까리 기름을 한 숟갈씩 먹으면 쉽게 해결되었다. 이러한 여러 가지 용도가 있어서 항상 집에 비치해 두는 기름이었다.

엄마의 이가 빨리 상한 데는 또 하나 중요한 이유가 있다. 엄마는 출산이 임박해서 진통이 오면 아래윗니를 꽉 깨물고 이를 가는 습관이 있었다. 통증이 워낙 심하니까 참으려고 그렇게 했는데 그게 이에는 치명적이었다. 우리 여섯 남매를 낳을 때마다 그런 과정을 겪었는데 출산 후에는 잇몸이 아프고 이가 흔들릴 때가 많았다.

충치가 있어서 이가 온전치 못한 상태에서 또 출산하느라 잇몸과 이를 상하게 했으니 이가 튼튼하게 유지될 수가 없었다. 출산의 고통은 보통 사람보다 훨씬 많이 가졌고, 치과에 가서 제대로 치료받지도 못하고 민간요법에만 의지했다. 이가 부러지고 난 후에야 이를 빼고 인공 이를 갈아 넣기만 했다.

출산 후에 이빨과 잇몸의 이상에 대해 호소하는 사람이 매우 많다.

- 잇몸이 부어올랐다. 이가 들뜬 느낌이다. 씹는 것
  도 불편하다.
- 아이 셋을 낳았는데 이 전체가 흔들리고 색깔도
  변했다.
- 치아가 약해져서 잘 부러진다.
- 윗니와 아랫니가 각각 네 개씩 너무 시리다. 입을
  벌릴 수가 없다. 침이 고이면 침 때문에 시리다.

이러한 얘기를 들어보면 출산으로 인해 이가 받는 충격과 고통이 어느 정도인지 짐작이 간다.

추석이 지난 후 엄마는 치과에 갔다. 부러진 어금니의 뿌리를 뽑아내는데 한참을 씨름했다. 윗부분이 부러지고 뿌리가 잇몸 속에 묻혀 있으니 집어서 뽑아 올리기가 쉽지 않았다. 한참 동안 입을 벌리고 있어야 하는데 턱 주걱이 얼얼하고 볼과 광대뼈 쪽이 너무 아팠다. 씨름 끝에 뿌리를 다 뽑아내고 완전히 틀니를 했다.

해가 바뀌어 1월의 추운 날에 엄마는 틀니 때문에 또 고생을 했다. 받쳐주는 기둥도 없이 틀니를 했더니 너무 헐렁하고 잇몸이 아파서 계속 끼고 있을 수가 없다는 것이다. 치과를 가야 하는데 날씨가 추워 밖으로 나가기가 싫어 미적대고 있다. 가야 할 병원이 많아서 그때마다 나가려니 너무 춥기도 하고 몸이 귀찮다는 것이다. 관절염으로 신경외과에 가야 하고, 눈이 아파 안과에 가야 하고, 내과에다 또 치과까지 가야 하니 엄마의 심정이 이해는 갔다.

엄마가 오래 사시도록 늘 기원 하지만 제발 덜 아프게 오래 사셨으면 좋겠다. 건강하게 오래 살아야 보고 싶은 걸 마음대로 보러 갈 수도 있고, 먹고 싶은 걸 마음대로 먹을 수가 있을 텐데……. 어느 모임에서 통증에 관한 얘기를 하던 중에 '사람이 참을 수 없는 고통이 무엇일까?'라는 주제에 대해 첫 번째가 치통, 두 번째가 출산의 고통, 세 번째가 말기 암의 고통이라는 답이 나왔다. 나는 아직 그 세 가지의 고통 중에 하나도 제대로 느껴 본 적이 없어서 그 고통이 어느 정도인지 잘 모르겠다. 그렇지만 엄마는 그 중에 두 가지를 여러 번씩 겪었으니 얼마나 많은 고통의 시간을 보냈을까? 앞으로는 덜 아프고 맛있는 음식을 편하게 먹게 해달라고 빌고 싶다.

꽃신 선물

엄마는 알고 있어야 할 모든 날짜를 음력으로만 기억하고 있다. 우리 여섯 남매를 출산한 날도 음력으로 기억하고 있고 조상님의 제삿날도 음력으로 기억하고 있다. 6·25 전쟁 때 인민군이 우리 집 마당에 인민군본부를 차린 날조차 음력으로 기억하고 양력으로는 몇 월 며칠인지 도무지 알지 못한다. 예전 농사지을 때 음력의 절기에 따라 일을 했던 게 습관적으로 뇌에 각인된 것 같다. 양력을 사용한 지 수십 년이 지났는데도 그게 잘 바뀌지 않는 걸 보면 한번 뇌에 입력된 것을 바꾸는 것이 매우 어려운 것인가 보다.

양력과 음력은 어떻게 다를까? 달이 지구를 한 바퀴 도는데 29.53일이 걸린다. 1년이면 354일이 걸리는데 태양력이 365일이니까 11일이 부족하다. 이 부족한 날짜를 19년을 합하면 7개월 정도의 기간이 된다. 따라서 19년 동안에 7번의 윤달을 두어서 양력과의 차이를 해소한다. 윤달은 대개 봄과 여름에 많이 두고 가을과 겨울에는 귀하다. 즉 차이가 나는 것을 좀 일찍 해소해 버리자는 것이다. 윤달은 음력에만 있고 양력에는 윤년이 있어 4년에 한 번 하루를 더한다.

2006년에는 윤달이 칠월에 있었다. 하반기에 있는 윤달은 어쨌든 귀한 달이다. 그 윤칠월 초에 엄마로부터 전화가 왔다. 엄마가 먼저 전화를 하는 경우는 매우 드물다. 특별한 일이 발생하거나 위급한 일이 있을 때 전화를 하는데, 그 날 엄마는 전화를 했다.

"너 나한테 신발 한 켤레 사주라."

나는 잠시 어리둥절했다. 갑자기 신발을 사달라고 하니 뭐 때문인지 궁금하기도 했다. 그때까지 엄마가 나에게 무엇을 사달라고한 적이 한 번도 없었던 것 같았다. 내가 알아서 엄마가 필요한 것을 사다 주기는 했지만 엄마가 먼저 사달라고 요구한 적은 없었다. 그러니 혹시 남들은 뭘 자주 사다 주는데 내가 선물을 좀 처럼 안 하니까 화가 나서 그러시는 건가 하는 생각도 들었다.

"왜 그러시는데요? 신발 신을 게 없어요?"

"누가 그러는데 윤칠월에 신발 사주면 사주는 사람한테 악재가 없어진단다."

그제야 나는 엄마의 심중을 읽었다. 아마 경로당에 갔다가 거기에 있는 노인들에게 들은 것 같았다. 사주는 사람에게 악재가 없어지고 행운이 들어온다고 하니 엄마는 아들들을 먼저 생각한 것이다. 자신이야 복이 없어도 되지만 아들들은 복도 오고 행운도 잡아야 할 게 아닌가.

　내가 고등학생이었을 때까지 엄마는 연초가 되면 점을 보러 잘 다녔다. 올해 재수가 좋을는지, 혹시 액운이 오지는 않을는지, 액운이 온다면 액땜을 어떻게 할건지, 장래의 운수가 어떤지 이런 걸 보러 다녔다. 본 뒤에는 우리에게 얘기를 해주었다. 나는 미신이나 점괘 같은 건 원래 잘 안 믿는 편이라 그냥 웃으며 듣고 좋은 것만 기억하려고 했다. '칭찬은 고래도 춤추게 한다'는 데 좋은 말이야 들어도 나빠질 게 없다. 토정비결도 가끔 보고는 알려주었다. 몇 월 달에 물가에 가지 마라, 언제 동남쪽에서 귀인이 나타난다더라, 몇 월에는 횡재 수가 있다더라 하는 것이었다. 이런 얘기는 솔깃해질 수밖에 없으므로 해마다 보고는 우리에게 전해 주었다.

　근래에는 그런 걸 보지 않았는데 그때 노인들이 얘기하니까 '이참에 아들들에게 행운이 가게 해주자' 하는 생각이 들었을 것이다. 윤달은 정상적인 일 년 열두 달에서 한 달을 덤으로 더 주는 달이다. 그래서 무엇을 해도 좋은 달이다. 이사, 집수리, 이장 등 무엇을 해도 뒤탈이 없는 길일이다. '윤달에는 송장을 거꾸로 세워도 탈이 없다'라는 속담도 있다. 보통 이사를 할 때 길일을 잡아서 하는데 윤달은 한 달 내내 악재가 없는 달이니 아무 때나 해도 좋다는 말이다. 한 달 덤으로 오는 달이니 귀신이 알아보지 못하기 때문이다. 악귀를 속이는 의미다.

　길일을 잡을 때는 삼재가 없는 날을 잡는데 삼재란 천살(天殺),

지살(地殺), 인살(人殺) 이 세 가지를 말한다. 천살이란 천재지변이나 어쩔 수 없는 사고, 지살이란 교통사고나 각종의 객사를 말하고 인살이란 사람들로부터 당하는 사고를 말한다.

또 손이 없는 날을 길일이라 말하는데, 손이 있다는 것은 악귀나 악신이 떠돌아다녀서 손실이나 손해가 생길 수 있다는 말이다. 윤달은 이런 모든 잡귀가 없는 달이니 좋은 달이다. 더군다나 윤칠월은 귀하다. 이런 의미가 어울려서 그해 노인들 사이에 신발 선물의 소문이 돌았던 것 같다.

꿈 해석에 의하면 신발은 일상생활에서 의지할 수 있는 것을 나타낸다. 예를 들면 배우자, 자식, 부모, 집, 직장, 재산 등이다. 예쁜 꽃신을 신는 꿈은 신변에 영화로운 일이 생기고 행운이 찾아온다는 것을 암시한다. 즉 경사로운 일이 생긴다는 의미이다.

나는 예쁜 꽃신을 샀다. 빨간색 파란색이 섞여 있는 꽃무늬 샌들을 샀다. 엄마는 젊어서도 이런 알록달록한 무늬가 있는 신발을 신은 적이 없었다. 이제 노인이 되어서 젊은 애들이 신는 화려한 색깔의 신발을 신어도 괜찮을까? 잠시 이런 생각도 들었지만 그게 무슨 상관일까, 노인이라고 예쁜 것을 멀리해야 하는 이유라도 있는 건가 하는 생각에 과감하게 꽃신을 손에 들었다. 나는 엄마가 예쁜 꽃신을 신고 아름다운 꽃무늬 옷을 입고 화려하게 나들이를 가는 모습이 보고 싶었다.

엄마에게도 화려했던 한순간이 있었다는 것을 남기고 싶었다. 추석날 내려가서 신발을 보여 드렸더니 무척 좋아하셨다.

"아, 정말 예쁘다. 발도 딱 맞고 아주 곱네."

좋다며 환하게 웃으셨다. 엄마가 크게 웃을 때는 너무 순진해 보인다. 아무런 거리낌도 걱정도 없는 듯한 백치의 웃음이다. 그렇게 웃으시며 연신 꽃무늬를 쓰다듬었다. 항상 순백의 고무신, 흑색의 구두, 흑갈색의 샌들과 같은 튀지 않는 신발만 신다가 갑자기 빨갛고 파란 샌들을 신으려면 용기가 필요할 것이다.

나중에 알았지만, 형님은 요즘 유행하는 효자 신발을 사드렸다. 발은 폭신하고 굽은 높고 어르신들 발을 편하게 해준다는 신발이었다. 동생은 까만색 구두를 사드렸다. 동생이 사준 구두는 크기가 조금 작아서 발이 아팠다. 엄마는 그것을 구두 수선집에 가져가서 좀 늘여서 신었다. 신발을 받은 사람이 신고 다녀야 사준 사람에게 행운이 돌아온다는데, 크기가 작아 발 아프다고 신지 않을 수는 없었다.

꽃신을 신고·경로당에 갔더니 친구들이 예쁘다며 칭찬을 하더란다. 그 꽃신은 오래 신어 헤졌는데 그것을 또 구두 수선집에 가져가서 수선했다. 자식들에게 행운이 돌아오게 하려면 엄마가 그 신발을 오래도록 신어야 할 게 아닌가? 이런 것이 엄마의 삶의 철학이다. 지금도 엄마의 신발장 안에는 그때 사준 신발 세 켤레가 나란히 놓여 있다.

감식초

　　　　　　고향 집에서 가을은 감나무로부터 전해졌
다. 우리 집 뒤에는 커다란 감나무가 있었다. 본채는 기와집인데
그 기와의 용마루보다 더 높이 가지가 치솟아 있었다. 학교에서
돌아오다가 앞산 위에서 바라보면 새까만 기왓장 위로 주홍색 감
이 하나 둘 익어가면 가을이 왔음을 알게 됐다. 감의 빛깔과 감나
무잎의 색깔은 서로 반대로 달려 간다. 감이 더 진한 주홍색으로
물들어 가면 잎은 점차 색이 바래져 간다. 감나무에서 새순이 돋
아나서 빨간 홍시가 될 때까지의 시간은 내 가슴에 추억이 영글어
가는 시간이었다.

　시골에서 과일이라곤 감밖에 없었으므로 감을 많이 먹었다. 여
름에는 산에 가서 머루나 다래를 따 먹기도 했지만 그런 건 간혹
있는 일이고 집에 보관해 두고 오래 먹을 수 있는 건 역시 감이었

다. 요즘은 단감이 주종이지만 그 당시 감은 전부 떫은 맛이 나는 땡감이었다. 땡감은 홍시가 되면 달지만, 그 전에는 떫다. 그래서 감을 따서 삭혀서 먹었다. 감을 따서 깨끗이 닦은 후에 단지에 담고 물을 끓여서 조금 식힌 후, 감이 잠길 정도로 부어준다. 끓는 물을 그대로 부으면 감이 익어버려 삭혀지지 않는다. 단지를 봉하고 그 위에 옷가지나 담요로 덮어주면 이삼일 지난 후 맛있게 삭혀진다. 물을 부을 때 소금을 조금 넣어 주어도 좋다. 이렇게 삭힌 감은 추석 차례상에 많이 올랐다. 초등학교의 가을 운동회는 학생들뿐만 아니라 마을 전체의 잔치였는데 이때도 삭힌 감이 최고의 간식거리였다. 이 시기에는 아직 홍시로 변하지 않기 때문에 삭혀야만 맛있게 먹을 수 있었다.

감이 주홍색으로 완전히 익으면 긴 장대를 준비해서 감을 딴다. 감나무가 워낙 높아서 나뭇가지 위에 올라가서 장대로 집어 돌려가며 딴다. 가지 꼭대기에 있는 감 몇 개는 까치의 몫으로 남겨두고 딴다. 예로부터 내려오는 관습인데 시골에서는 이런 행위가 아주 자연스럽다. 까치는 귀한 손님이 오는 것을 알려주는 배달부이고, 참새는 어린아이의 동무가 되어주는 새 이다. 지붕에 둥지를 튼 구렁이는 집을 지켜주는 집지킴이다. 그러니까 다 같이 살아가도록 마음을 써야 하는 것이다.

다 딴 감은 일부를 곶감으로 만들었다. 껍질을 깎아서 새끼줄에 끼워 양지바른 처마에 매단다. 우리 집 사랑방 옆의 툇마루 위에는 늦가을부터 곶감이 주렁주렁 매달려 있었다. 겨울밤에 하나씩 따서 먹으면 아주 달콤하면서 쫀득쫀득했다.

남은 감은 나무궤짝에 넣었다. 바닥에 짚을 깔고 한 층을 쌓고 그 위에 짚을 깔고 또 한 층을 쌓아서 가득 넣었다. 사랑방 뒤편의 처마 밑에 그늘이 들어 햇빛이 닿지 않는 곳에 놓아 뒀다. 초겨울이 될 무렵이면 감은 홍시로 변해 달콤한 꿀처럼 됐다. 겨울밤 속이 출출할 때 하나씩 꺼내 먹으면 꿀맛이 따로 없다.

산골에는 추위가 빨리 찾아온다. 바람은 매섭고 공기는 살을 파고드는 것처럼 무척 차갑다. 그럴 때 궤짝 속의 홍시는 꽁꽁 얼어붙어 마치 돌처럼 단단하다. 밤에 화롯가에 둘러앉아 큰 그릇에 찬물을 담아 그 안에 꽁꽁 언 홍시를 넣어둔다. 한참 있으면 홍시의 껍질에는 얼음이 뒤덮여 있다. 빨간 홍시에 투명한 얼음이 막을 형성하고 있는데 이것을 삶은 달걀 껍데기를 까듯 얼음을 뜯어낸다. 그러면 말랑말랑한 홍시가 나온다. 아이스크림이 따로 없다. 씹는 촉감도 사근사근하다.

떡을 먹을 때도 홍시는 긴요하다. 떡을 홍시에 찍어 먹으면 목넘김이 아주 편하고 달콤한 떡 맛이 일품이다. 떡이 없을 때는 무도 좋다. 냉장고가 없을 때인지라 집 앞의 밭에 구멍을 파고 무를 보관했다. 흙을 깊게 파고 바닥에 짚을 깔고 무를 넣고, 그 위에 짚을 덮고 흙으로 덮는다.

입구에 손을 넣을 수 있도록 짚으로 마개를 만들어 겨우내 하나씩 꺼내 먹는다. 겨울의 긴 밤에 무를 꺼내어 홍시에 찍어 먹어도 별미다. 곶감을 만들 때 깎은 껍질은 따로 말려서 그대로 과자

처럼 먹는다. 이처럼 감을 먹는 방법은 다양했다. 손님이 와도 감으로 대접하면 불편함이 없었다.

감나무는 감을 제공해 주는 것 외에도 특별한 용도가 있었다. 맨 아랫가지는 옆으로 뻗어 있고 굵었다. 그곳에 줄을 묶고 그네를 달았다. 놀이시설이 없던 어린 시절에 그네는 유일한 놀이기구였다. 또 하나의 용도는 개를 잡을 때 달아매는 것이었다. 작은집은 우리 집 바로 옆에 붙어 있었는데 그 마당 앞에 키 큰 감나무가 있었다. 개의 목에 올가미를 씌워 잡아당기는데 개도 최후의 힘까지 쓰며 날뛰기 때문에 한 사람의 힘으로는 감당하기 어려울뿐더러 위험할 수도 있다. 그때는 빨리 줄을 감나무에 칭칭 감는 게 제일 나은 방법이었다. 개의 숨이 끊어지면 다시 올바르게 가지에 매달고 껍질을 벗겼다.

시골에서는 집집이 똥개를 한두 마리씩 키웠다. 요즘 가정에서 키우는 애완견과는 많이 다르다. 똥개는 사람이 거처하는 곳, 마루와 방 또는 부엌조차 들어올 수 없다. 오직 바깥에서만 돌아다닐 수 있다. 아무리 추워도 밖의 개집에서 잠잔다. 식용으로 돼지를 키우는 것과 다름없다. 똥개는 처음 기를 때부터 다 크면 잡아먹을 생각으로 키운다. 집에 잔치가 있다든지 마을에 큰 행사가 있거나 몸이 허약해서 보신해야 할 사람이 있을 때 개를 잡았다. 개를 잡을 때는 아침에 개밥을 주면서 밥그릇 둘레에 올가미를 준비해 놓고 개가 먹기 위해 머리를 처박고 있을 때 순식간에 올가미를 씌워서 잡아당겨야 한다. 만약 한 번 에 올가미를 씌우지 못하면 그 개를 잡는 것은 상당히 힘들어진다. 개도 죽음을 알아차리기 때문에 도망을 다닌다. 그런 날은 그 개를 잡으려고 한나절을 설쳐야 한다.

나는 어렸을 때 개 잡는 것을 몇 번 보았는데 참 신기했다. 입부터 시작해서 껍질을 벗기는데 마지막 뒷발의 껍질을 벗길 때까지 피 한 방울 흘리지 않고 껍질만 마치 모피가죽처럼 싹 들어냈다.

■

지난가을 엄마는 감식초 한 병을 주셨다. 누나가 가져다준 감으로 직접 담근 것이었다. 누나는 시댁이 시골인데 가끔 산과 들에서 뜯은 나물과 채소를 엄마에게 가져다준다. 때로는 장아찌를 담가서 주기도 하는데 머위 장아찌, 냉이 김치, 씀바귀 장아찌 등이 봄 소식 같은 향을 풍겨 맛이 좋았다. 누나도 엄마를 닮았는지 산나물 뜯는 걸 즐긴다. 자주 다니다 보니 어떤 게 나물인지 어떤 게 못 먹는 건지 구분하는 눈이 많이 늘었다. 부지런한 천성과 자연을 좋아하는 심성을 닮는 것은 좋은 일이다. 덕분에 엄마는 산에서 나오는 신선한 기운을 매년 맛볼 수 있다.

지지난 해에는 감을 한 자루 가져다주었는데 그걸로 감식초를 담갔다. 감 꼭지를 떼고 깨끗이 해서 단지에 담는다. 단지가 가득 차면 소주나 막걸리를 한 병 붓고 뚜껑을 꼭꼭 봉한다. 1년 정도 지난 뒤 뚜껑을 연다. 그러면 위에 허옇게 엉긴 막이 있는데 이것을 걷어낸다. 그다음에 채반에 쏟아 부으면서 건더기를 걸러낸다. 이렇게 해서 얻은 것이 감식초이다. 소주나 막걸리는 붓지 않아도 되지만 그러면 물의 양이 너무 적고 맛이 덜 진하다.

다른 사람들은 설탕을 넣는데 엄마는 설탕을 전혀 넣지 않는다. 또 발효를 빠르게 하기 위해서 누룩이나 효모를 넣기도 하는데 엄마는 이것도 넣지 않는다. 이렇게 간단히 하는데도 엄마가 한 것은 맛이 좋다. 이런 것을 두고 손맛이라 하는 건가? 어릴 때부터 밭에서 채소를 기르고 산에서 나물을 뜯고 하는 것이 몸에 익어서인지 산과 들에서 나오는 재료는 어떤 것이라도 엄마의 손에 들어가면 그냥 버려지는 것이 없다. 아주 간단하게 쓱쓱 만지는 것 같은데 맛있는 재료로 변신한다.

엄마가 주신 감식초는 반찬을 넣어두는 선반에 진열되기만 한다. 아내는 귀한 식초라고 잘 사용하지 않는다. 평소에는 마트에서 사 온 식초를 쓰고 어쩌다 한 번씩 귀한 감식초를 음미한다. 엄마의 정성과 아내의 귀한 대접이 어우러져서 엄마의 감식초는 오래오래 살고 있다.

담배 연기

엄마는 출산 직후부터 담배 연기를 마시며
살아왔다. 형을 비롯하여 우리 남매들도 모두 갓난아기 때부터 담
배 연기를 마시며 자랐다. 우리 집에서 어른들이 담배를 피우는
것은 일상생활이었고 방과 마루에는 언제나 담배 연기가 흘렀다.
증조할머니와 할머니는 화로를 방 한가운데에 두고 긴 담뱃대를
이용하여 담배를 피웠다. 담뱃대에 담뱃잎을 부순 가루를 집어넣
고 화로에 담겨있는 불쏘시개에 불을 붙여 빨부리로 연기를 빨아
들였다.

담뱃대는 기다란 장죽이었는데 담뱃가루가 다 타면 장죽을 화
롯가에 땅땅 두드렸다. 담뱃재는 떨어지지만, 그와 동시에 재가 방
안에 날리기도 했다. 날씨가 따뜻해지면 마루에서도 피우고 방에
서도 피웠다. 그러니 방이고 마루고 간에 담배 연기가 그칠 날이

없었다. 아버지 역시 학교에서 퇴근해서 돌아오면 역시 방안에서 담배를 피웠다.

시골 마을은 씨족이 몰려 사는 곳인데 우리 집이 넓고 큰 집이라서 손님이 자주 찾아 왔다. 손님이 오면 가장 먼저 내놓는 것이 담배였다. 손님과 같이 앉아 몇 사람이 담배를 피우면 금세 방안은 연기로 가득 찼다.

할아버지가 이른 나이에 돌아가셨는데 그 이후에 할머니는 담배를 배웠다. 젊은 나이에 청상과부가 된 할머니를 증조할아버지가 너무 안쓰럽게 여겨 담배를 피우도록 권유했다. 앞으로 남은 긴 세월을 혼자 지내야 할 텐데 외로움과 쓸쓸함을 이겨내려면 담배가 좋을 것으로 생각하셨던 것 같다. 증조할아버지는 할머니를 배려해서 담배를 가르쳤는데 결과적으로 할머니는 담배에 빠져들었고 그 이후 돌아가실 때까지 담배를 손에서 놓지 못했다.

담뱃대는 가끔 청소를 해줘야 하는데 담뱃대를 빼내 털면 시커멓고 끈적끈적한 니코틴 액이 뚝뚝 떨어져 나왔다. 그 냄새는 연기보다 더 진하게 배어 나왔다. 담뱃대에서 그렇게 나온다는 건 목이며 기관지에도 그만큼 들어간다는 얘기가 아닌가. 지금 생각하면 정말 몸이 떨린다.

그 당시에는 담배가 건강에 해롭다는 걸 알지 못했다. 누구도 그런 말을 하지 않았다. 오히려 담배는 신분의 상징이었다. 이미 양반제도가 없어졌시만 그래도 방안에 느긋하게 앉아서 장죽을 빨고 있는 게 신분 있는 사람의 행세인 것으로 여겼다. 당시 우리 집에는 일꾼이 있었다. 머슴이지만 우리는 항상 일꾼이라고 불렀다. 그 일꾼은 나이와 관계없이 우리 집 어른들 앞에서는 담배를 피우지 못했다.

증조할아버지는 직접 밭에서 담배재배를 했다. 담배농사는 상당히 손이 많이 가고 힘든 일이다. 설이 지나고 열흘 정도 되어서 모종을 가꾸기 위해 씨앗을 뿌린다. 마당 한편에 모종 상자를 준비해서 씨앗을 뿌리고 아직 날씨가 차기 때문에 거적때기를 덮어준다. 낮에 햇살이 날 때는 햇빛을 쬐주고 물도 조금씩 뿌려준다. 모종이 어느 정도 자라면 밭에 옮겨 심는다.

한여름 뙤약볕이 뜨거울 때부터 노릇노릇해지는 담뱃잎을 따서 말린다. 마당 한쪽에 헛간을 지어서 그곳에서 잎을 말렸다. 새끼줄을 꼬아서 한 칸에 두 잎씩 끼워서 긴 줄에 달아맨다. 때로는 누에채반에 말리기도 하는데 비가 오면 거적때기를 덮어준다. 잎을 따고 말리는 과정에 잎을 안고 다녀야 하는데 한참 그렇게 하고 나면 옷이 시커멓게 변한다. 잎에서 진이 흘러나오는데 아마 니코틴일 것이다. 헛간이 가득 차도록 새끼줄을 달아매는데 잎이 마르면서 진도 조금씩 빠져나오고 냄새는 진동한다. 그 냄새만 맡아도 담배 한 갑 피우는 셈일 것이다. 다 마른 잎은 크기와 색깔에 따라 분류해서 묶어서 납품한다. 바싹 마른 잎은 부서지므로 뜨뜻한 물을 살짝 뿌려가며 누글누글 해지도록 묶는다.

증조할아버지는 최종 잎을 가릴 때 좋은 것은 골라 두었다가 아버지에게 주면서 할머니에게 갖다 주라고 했다. 젊은 며느리가 시

아버지한테 담배 얘기를 할 수 없을 테니 미리 배려해서 처리한 것이다. 잎담배는 정제되지 않은 것이라서 담뱃갑에 포장되어 나오는 담배보다 훨씬 독하다. 쿠바에서 많이 생산되는 시가와 비슷한 상태일 것이다. 연기도 더 많이 나고 니코틴의 함량도 더 많을 것이다. 그러니 증조할아버지의 마음 씀씀이는 감사하지만 그로 인해 할머니는 담배에 중독 되어버렸다. 내가 군에 입대하고 휴가를 나올 때, 또 내가 회사에 입사해서 서울에서 대구의 집으로 갈 때 담배를 항상 사서 가야 했다. 할머니에게 가장 좋은 선물은 담배였다. 할머니는 밥은 먹지 않아도 살지만 담배 없이는 못산다고 했다. 그렇게 수십 년을 담배 피우고 사셨는데 여든아홉까지 잔병치레 없이 사셨다.

그게 좀 신기하다. 엄마는 집에서 출산하고 안방에서 산후조리를 했다. 증조할머니와 할머니는 아기를 봐주러 수시로 안방을 드나들었는데, 이때도 담배를 피우는 경우가 많았다. 나의 첫째 여동생이 태어날 때까지 증조할머니가 계셨고 그 아래 두 동생은 할머니가 혼자 수발을 했는데 어쨌든 담배 연기에서 해방되지는 못했다. 어린 아기들은 연기를 맡으면 콜록거리거나 목이 불편해서 보채거나 할 텐데 어찌 그걸 몰랐을까. 담배가 정신건강에 좋다고 지레 단정 짓고 아무렇지도 않은 듯 여겼을까.

아버지는 돌아가실 때까지 담배를 끊지 못했다. 형은 젊어서 담배를 피웠는데 이제 남배를 끊은 지 십여 년이 된다. 막냇동생은 결혼해서 제수씨의 간절한 권고에 담배를 끊었다. 나는 학창시절에 친구의 강권에 못 이겨 담배를 피워 보았다. 연기를 목으로 넘기지는 못하고 입안에 머금고 있다가 뱉어내는 일명 '뽀끔 담배'를 피워 보았다. 그런데 왜 이걸 피우는지 알 수가 없었다. 맛이 있는 것도 아니고 연기를 들여 마신다고 기분이 좋아지는 것도 아닌데, 도무지 이해할 수가 없었다. 당시에 대학생이 되면 으레 담배를 물고 있는 게 유행이었고 그렇게 하지 않으면 이방인 취급을 받았지만 나는 그런 것에 굴복하지 않았다. 내가 좋아할 이유는 없었다.

나는 담배를 피우지 않았지만 담배 연기에서 벗어나지는 못했다. 내 뜻과 상관없이 갓난아기 때부터 연기를 마셨다. 나 스스로 연기를 찾아간 적도 있었다. 초등학교와 중학교 시절의 방학 때는 항상 시골에 있는 고향 집엘 갔었는데, 가는 길이 비포장이고 험준한 노구재를 넘어야 하니 버스가 요동을 쳐서 속이 뒤집히기 일쑤였다. 속이 메스껍고 몇 번인가 구토하기도 했다. 그럴 때 옆자리에서 담배 피우는 사람이 있으면 메스꺼운 느낌이 많이 누그러지고 편해졌다. 그다음부터는 버스에 오를 때 누가 담배를 피울까 미리 살펴보고 그 옆자리에 앉았다. 버스가 대구의 외곽을 벗어나 영천을 들어서면 그때부터 제발 옆 사람이 담배를 피워주기를 간절히 소망했다. 담배 연기를 마시고 싶은 충동을 떠나서 마셔야 하는 게 나의 의무인 것처럼 여겼다. 그 외에는 담배 연기를 마시고 싶은 적이 없었다.

나이를 먹은 탓인지 요즘 겨울만 되면 기관지가 좋지 않다. 코 안쪽에서 목으로 내려가는 부비강과 입 안쪽에서 목으로 내려가는 인후에 염증이 잘 생긴다. 날씨가 추워지면서 공기가 건조해져 그런 것 같다. 침을 삼키면 목구멍이 착착 달라붙는 느낌이다. 조금 심해지면 목이 간질간질해 지면서 기침이 난다.

되도록 약을 먹지 않고 자연치유가 되도록 노력하지만 잘 안 된다. 아침에 일어나자마자 따뜻한 물을 한잔 마시고 낮에도 수시로 따뜻한 물을 마시고 하는데도 해마다 겨울철에는 한두 번씩 그런 증상이 온다. 첫째 여동생도 몇 년 전에 기관지가 좋지 않아서 입원치료를 했다. 막냇동생도 기관지가 좋지 않아 약을 먹을 때가 가끔 있다. 재작년에는 엄마가 병원을 여러 번 드나들면서 사진을 찍고 정밀검사를 한끝에 폐결핵 진단을 받았다. 이러한 기관지 관련의 문제가 우리 가족 사이에 많이 발생하는 원인은, 어릴 때부터 마셔온 담배 연기가 아닐까 싶다.

다행스러운 점은 3대에 걸쳐 내려오던 담배 사랑이 4대째에 이르러서 완전히 끊어졌다는 것이다.

토란 농사

엄마가 사는 집은 단독주택이 몰려 있는 이면도로에 붙어 있다. 대문 앞으로 달리는 차는 없고 주차하는 차만 들어온다. 주차하는 차도 주위에 있는 사람들이라서 대개 누구의 차인지 안다. 이웃에 사는 사람도 내왕은 별로 없더라도 누가 어느 집에 사는지는 대강 알고 있다. 그 동네에 산지 삼십 년 가까이 되었으니 동네의 사정은 빤히 꿰뚫고 있다.

대문 앞에서 옆으로 담벼락에 붙여서 엄마는 토란 농사를 지어왔다. 할머니와 아버지가 계실 때부터 했는데 아마 25년은 넘게 해온 것 같다. 커다란 플라스틱 통에 흙을 가득 담고 토란 뿌리를 심었는데 대략 7~8개는 되는 것 같았다. 시골에 살 때 온갖 곡식이며 채소를 길러본 경험이 있으므로 엄마가 기르는 토란은 아주 잘 자랐다. 퇴비도 가끔 주고 비료도 때맞춰 주고 정성을 들여서 가꾸었다. 식물을 키울 때는 물과 퇴비와 비료 등을 때맞춰 주는 게 중요한데 그게 그리 쉽지 않다. 흙도 좋은 흙으로 갈아주는 게 중요하다. 이러한 내용을 알려주어도 다른 사람이 재배하는 걸 보면 잘 자라지 못하는 경우가 많다. 엄마는 토란 외에도 옥상에다 상추 배추 고추 파 등을 키우는데 모두 쑥쑥 잘 자란다. 옆에서 보면 대충대충 하는 것 같은데 식물이 사람을 알아보는지 정말 잘 큰다.

살아 있는 생물은 그것이 식물이든 동물이든 자기를 아껴주고 사랑해주는 것을 알아본다. 가까운 예로는 애완 동물을 보면 알 수 있다. 자기를 귀여워해 주는 사람은 눈빛만 보아도 알고 꼬리를 흔들어대며 따라 다닌다. 식물도 다르지 않다. 식물도 아름다운 음악을 들려주면 더 잘 자라고 시끄러운 소리를 들려주면 시들시들해진다. 사람이 정성을 들여서 가꾸어주면 그에 상응해서 잘 자라는 것은 당연하다.

어느 해 할머니와 아버지는 토란 뿌리로 국을 끓여 먹고 배가 아파 혼난 적이 있었다. 엄마는 다행히 같이 먹지 않아 탈이 없었다. 토란 뿌리의 껍질에는 독이 약간 들어 있다. 보통 밭에서 재배하면 물을 주고 비가 오는 과정에서 그 독이 아래의 흙으로 스며들어 인체에 해로울 정도까지는 아니다.

그렇지만 플라스틱 통에 재배를 하다 보니 독이 아래로 흘러가지 못하고 통 안에 갇혀 있었다. 할머니는 예전에 밭에서 길렀던 것처럼 생각하고 그대로 끓였는데 그만 탈이 났다. 토란 뿌리는 쌀뜨물에 하루 정도 담가 두었다가 국을 끓여 먹는 게 좋다. 줄기는 껍질을 벗기고 말려서 육개장에 넣으면 좋다. 엄마는 이 토란 줄기 말린 것을 봉지에 싸두었다가 추석에 내려가면 하나씩 주곤 했다.

아버지가 돌아가신 후에도 엄마는 토란 가꾸는 것을 한 해도 거르지 않았다. 단순히 먹기 위해서 하는 것이 아니라 그것을 가꾸는 것은 엄마에게 아름다웠던 시간을 되돌려보는 과정이었다. 할머니와 아버지와 엄마가 함께 시작했던 것을 이젠 엄마 혼자서 그 일을 하며 즐거웠던 순간을 음미해 볼 수 있었다. 지금 자라고 있는 토란의 뿌리는 25여 년 전에 심었던 뿌리가 새끼를 치고 또 새끼를 쳐서 대를 이은 것이다.

토란 외에도 엄마가 가꾸는 것은 또 있다. 마당에서 2층으로 올라가는 계단에는 층층이 화분이 놓여 있다. 제라늄, 제피나무, 선인장, 잎이 굵은 서양란 등이 줄지어 있는데 이것들도 아버지가 계실 때 키우던 것을 엄마가 계속 보살피고 있다. 제라늄과 서양란은 해마다 빨갛게 꽃을 피우며 키우는 정성에 보답해 준다.

마당 한쪽에는 석류나무와 동백나무가 자라고 있다. 그 집에 입주할 때 아버지는 식물농장을 찾아가서 나무 묘목을 구해왔다. 석류나무는 너무 크게 자라 2층 베란다까지 가지가 넘어온다. 매년 추석에는 발갛게 벌어진 석류를 형과 나, 동생이 함께 따고 너무 커진 가지를 잘라준다. 그렇게 잘라주어도 이듬해에 또 그만큼 가지가 올라온다. 나무의 가지는 뿌리가 뻗은 만큼 뻗어 나간다. 석류의 뿌리가 마당 전체를 메우고 있으니 가을에 가지를 잘라도 봄이면 어김없이 또 그만큼의 가지를 뿜어내는 것이다. 가지가 무성한 만큼 석류도 풍성하게 열린다. 소쿠리 몇 개를 가득 채울 정도로 많다. 동백꽃은 설날에 모습을 드러낸다. 추위에도 아랑곳하지 않고 핏빛처럼 선명한 붉은 꽃이 다소곳이 피어 있다. 여름에는 무성한 석류잎에 가려 보이지 않다가 추운 겨울에 제모습을 꼿꼿이 드러낸다.

처음엔 대추나무도 함께 심었다. 대추나무는 키가 너무 크게 자라, 한 가지는 뒷집의 마당으로 늘어져 있었고 한 가지는 옆의 골목길로 늘어져 있었다. 뒷집에서는 자기 집 마당이 그늘지는 것을 싫어했고 가을에 마당에 나뭇잎이 떨어지는 것을 싫어했다. 사람의 마음이란 이렇다. 자기 것이 아니면 왠지 마음에 들지 않아 한다. 내 집에 있는 나무나 옆집에 있는 나무나 다 같이 푸른 빛을 발산하고 예쁜 열매를 맺어 주지만 내 것이 아니면 배가 아프다. 대추나무잎은 윤기가 반지르르 흐른다. 빛을 받으면 반짝반짝 광택이 난다. 석류나무잎이 무광이라면 대추나무잎은 유광이다. 나뭇잎만 보면 대추나무가 훨씬 아름답다.

그렇지만 이웃에서 싫어하는 걸 우리만 좋다고 그냥 둘 수 없어서 나무의 밑동까지 싹 잘라 버렸다. 나무보다는 이웃이 더 소중하다는 판단이었다.

지난가을에 구청에서 직원이 나왔다. 문앞에 놓여 있는 토란 통을 치워 달라고 했다. 주민이 민원을 제기했으니 자기들은 어쩔 수 없이 민원을 처리해야 한다는 것이었다. 엄마의 짐작으로는 30여 m 아래에 새로 들어선 빌라의 주민일 것이라고 했다. 그곳에는 빌라가 서너 채 새로 들어섰는데 젊은 사람들 여러 세대가 입주해 왔다. 그들은 좁은 공간에 차를 주차하려다 보니 우리 집 앞의 토란 통이 눈에 거슬렸던 것 같았다. 그렇다고 그 사람들과 입씨름할 수도 없었다. 요즘 젊은 사람들이 노인의 말이라고 그대로 들어줄 리도 없지 않은가. 구청 직원은 자기의 임무를 처리해야 한다고 우기고 있었다.

엄마는 25년이 넘도록 지켜온 토란농사를 마감하기로 작정했다. 흙 속에 묻혀 있는 뿌리를 이웃에게 나눠주고 두 통은 남겼다. 오래도록 간직해온 토란을 완전히 없애자니 너무 아쉬운 생각이 들었다. 엄마가 살아 있는 동안에는 토란도 살아 있어야 할 게 아닌가. 그게 사라지면 아버지와의 추억의 끈이 또 하나 사라지는데. 다리가 아프고 어깨가 욱신거려 힘이 들지만 남은 두 개의 통은 마당으로 끌고 들어 와서 석류나무 앞에다 놓아두었다. 흙이 가득 담긴 통은 무척 무거워서 한참이나 씨름한 끝에 겨우 끌고 들어 왔다. 그제야 엄마는 엄마의 책무를 지켜낸 것 같은 생각이 들었다.

행복한 시간

사람의 두뇌에서 기억을 선택하는 기능이 있으면 좋겠다. 기억하기 싫은 일들, 악몽 같았던 일들, 생각할수록 괴로운 일들, 슬프고 고통스러운 일들은 기억에서 지워지도록 할 수 있으면 좋겠다. 즐거웠던 일들, 생각할수록 온몸에 짜릿한 전율이 흐르는 일들, 가슴을 흥분시키는 일들, 웃고 떠들고 행복했던 순간들로 기억의 공간을 채웠으면 좋겠다.

마음의 병은 기억의 공간에서 흘러나오는 고통과 괴로움의 상처가 그 원인이 아닐까. 그러한 것들이 마음을 헤집는 스트레스로 변해서 정신을 혼란스럽게 만들고 우울한 망상에 젖게 하고 나아가서는 육체를 빨리 늙게 하는 게 아닐까.

고통스럽고 괴로운 기억, 때로는 치욕스러운 기억까지 지워버리고 마음속에 스트레스가 없이 가볍고 편안한 상태가 되면 좋겠다.

더 잘 해줘야겠다는 부담감도 가질 필요가 없고, 다해주지 못해 죄스러운 마음을 가질 필요도 없고, 언제나 행복했던 순간들만 기억하도록 할 수 있으면 좋겠다.

엄마는 힘들고 어려운 시기를 직접 몸으로 경험하면서 살아왔다. 일본이 우리나라를 점령해서 마지막 발악을 할 때까지 그들로부터 핍박을 받으며 험난한 시기를 헤쳐 나왔다. 동족끼리 전쟁이 벌어졌던 시기에는 우리를 낳아 기르느라 정신을 차릴 새도 없이 허둥지둥 그 시절을 지내 왔다. 산업화가 시작되고 시골에서 도시로 삶의 터전을 옮기고 그 와중에 아버지는 교육자의 길을 그만두고 시작한 사업에서 망해버리고 엄마는 그 어려운 질곡의 시기를 몸으로 헤쳐 나왔다.

그런 과정을 겪어 오면서 엄마의 몸은 많이 지쳤다. 다리는 관절이 많이 노화되어 걷기가 불편하고 아팠다. 때로는 경련이 심해 밤에 잠자다가 뒤틀리는 다리를 주물러야 했다. 허리도 아프고 어깨도 아팠다. 팔은 들어 올리기가 어려워 한쪽 팔로 다른 팔을 들어 올려줘야 어깨 위로 올릴 수가 있다. 옷을 입고 벗기도 쉽지 않다. 이빨은 다 없어졌다. 마지막 남은 어금니조차 지난해 부러져 버렸다. 이제 틀니를 껴야만 밥을 먹을 수 있다.

그렇지만 정신은 말짱하다. 70년 전의 일을 또렷이 기억하고 과거의 수많은 사연들을 하나하나 기억한다. 엄마의 기억에는 노화가 전혀 진행되지 않았다. 그 덕분에 나는 예전에 있었던 일들을 생생히 들을 수 있다. 내가 복을 받은 것인가? 엄마가 복을 받은 것인가? 그 많은 것을 다 기억하느라 엄마의 심신이 너무 피곤하지는 않을까. 힘들었던 시간, 괴로웠던 사연들을 들어줄 사람이 나타날 때까지 기다렸던 것일까. 이제 기억의 창고를 정리하고 좀 홀가분하게 살아가시면 좋겠다. 좋았던 시간, 행복했던 순간의 기억만 빼고 다 지워졌으면 좋겠다.

　현실적으로 나쁜 기억을 지울 수 있는 묘약은 없다. 나쁜 기억을 지우려고 기억력 자체를 퇴화시킬 수도 없다. 가장 좋은 방법은 좋은 기억을 많이 쌓아서 생각의 창고에서 나쁜 기억보다 좋은 기억이 훨씬 더 많이 솟아나도록 하는 것이다. 또 하나의 방법은 좋았던 추억, 행복했던 추억을 회상하도록 의식적으로 노력하는 것이다. 이러한 것은 혼자서는 어렵다. 외롭고 쓸쓸한 상태에서 행복했던 순간만 회상하기는 쉽지 않다. 어느 순간 고독한 느낌에 젖어들고 우울한 기분으로 빠져들기 쉽다. 주위에서 같이 지내주고 대화를 해주고 마음을 나눠주는 사람이 있어야 한다.

■

　아버지는 돌아가시기 몇 년 전부터 새벽에 앞산에 가셨다. 엄마와 함께 매일 산에 가서 운동을 하고 와서 아침 식사를 하셨다. 아버지는 몸이 뚱뚱하지도 않고 몸무게가 많이 나가지도 않은데 당뇨가 있었다. 담당 의사는 매일 땀이 날 만큼 운동을 하라는 조언을 했다. 마른 체격인데 당뇨가 개선되지 않은데는 술이 가장 큰 원인이었던 것 같다. 젊은 시절에 '술 한 말을 지고 가지는 못해도 마시고는 간다'고 할머니가 핀잔을 주는 말을 들은 적이 있었는데 그만큼 술을 좋아하셨다. 젊은 시절에는 직장동료와 친구들, 은퇴 후에는 이웃 사람들과 술 마시기를 이어 나갔다. 위암 수술을 하고 난 뒤 한동안 술을 절제하기도 했지만 돌아가시기까지 완전히 끊지는 못했다. 그 영향으로 당뇨도 개선되지 않고 끝까지 따라 다녔다. 당 수치를 떨어뜨리려면 운동을 하는 게 좋다는 조언에 따라서 매일 산에 올랐다. 이전에는 아버지와 엄마가 주기적으로 운동이란 걸 해본 적이 없었다.

집에서 나와 안지랭이골까지 가서 산을 올라가서 산 중턱에 절이 있는 곳까지 갔다가 돌아오는데 대략 한 시간 반에서 두 시간 정도 걸렸다. 절까지 올라가면 이미 몸에서 땀이 나고 운동도 충분히 되었다. 처음 2~3년간은 그렇게 했는데 나중에는 아버지가 힘이 달려서 그곳까지는 못 가고 집에서 가까운 곳으로 다녔다. 그때는 이미 콩팥이 완전히 망가져서 기능을 상실해 있었다. 가까운 산으로 다닌 것도 1년 정도는 되었다. 결국, 돌아가신 원인도 당뇨합병증 때문이 아니었을까 싶다.

매일 아침 두 분이 함께 운동을 다닌 계기가 좋은 것 때문은 아니었지만, 결과적으로는 그때가 두 분이 가장 오랫동안 아침 활동을 같이 했던 시기였다. 아버지는 최후의 시간을 맞기 전에 엄마에게 추억의 시간을 마련해 주었고, 엄마는 그때의 시간을 행복한 기억으로 간직하고 있다.

아버지가 돌아가신 후부터 엄마는 혼자 살고 있다. 아침에 일어났는데 늘 보이던 사람이 보이지 않을 때, 식사하려는데 식탁에 앉을 사람이 오지 않을 때, 밤에 잠자리를 준비하는데 같이 누울 사람이 없을 때, 마음이 허전해지고 어깨에 힘이 빠지는 것은 어쩌면 당연할 것이다. 그 당시 아래층에 둘째 여동생이 살고 있었다. 여동생의 딸과 아들은 어른들을 피해 방안에만 처박혀있는 애들이 아니었다. 새침데기도 아니고 내숭을 떠는 애들도 아니었다. 활달한 성격이어서 어른들에게 붙임성이 아주 좋았다. 허전한 집안에 사람 사는 훈기를 불어넣어 주는 역할을 충분히 했다. 엄마가 쓸쓸함을 이겨 내는 데 많은 도움이 되었다.

요즘 엄마의 기분이 좋을 때가 많다. 목소리에 힘이 있고 활기가 있다. 소리의 톤이 올라가고 하고 싶은 말이 많아졌다. 육체가 말을 잘 안 들어 불편하기는 하지만 그로 인해 저기압이 되지는 않는다. 하루가 바쁘게 돌아간다. 아침에 일어나서 빨리 방 정리하고 식사하고 가끔 친구들 전화를 받고 경로당에 서둘러 간다. 그곳에는 많은 친구가 기다린다. 병원을 네 곳이나 가야 하니 일주일에 몇 번은 병원도 들러야 한다. 한 가지 일을 하는데 다소 시간이 걸리지만 바쁘게 설쳐야만 하루의 일과를 채울 수 있다. 노인들이 이렇게 하루를 바쁘게 채우려면 짜증도 날만 하지만 전혀 그런 기미는 없다. 오히려 해야 할 그 시간이 빨리 오기를 기다리는 것 같다.

엄마가 기분이 좋고 목소리가 경쾌할 때를 가만히 들어다보면 딸들이 왔다 간 경우가 많다. 누나와 두 여동생은 자주 엄마에게 와서 안부도 묻고 전화도 자주 한다. 딸과 엄마는 온갖 시시콜콜한 얘기를 다 한다. 우리 집 남자들은 그런 소소한 얘기를 잘 하지 않는다. 형님도 가까이 살고 자주 드나들지만 수다스럽게 말을 많이 하는 편이 못 된다. 닭살 돋는 얘기들, 다정다감하게 나누는 얘기들을 잘 하지 않는다. 필요한 얘기, 꼭 해야 하는 얘기만 골라서 하는 편이다. 그건 나도 마찬가지인 것 같다. 살아 오며 그렇게 몸에 밴 것 같다.

그렇지만 우리가 살아가는 생활을 음미해 보면 그중에 중요한 것이 얼마나 될까. 얘기하지 않으면 큰일이 터질 것이 얼마나 있을까. 그것보다는 하루 대부분이 소소하고 늘 일어나는 일의 반복이다. 이런 것을 시시콜콜하다고 치부해 버리면 할 얘기가 없어진다. 진짜 중요한 얘기를 하려고 며칠을 입 닫고 살 수는 없다. 사소하다고 생각하는 것들, 시시콜콜한 것들을 서로 주고받고 많은 얘기를 하는 것이 엄마에게는 더 좋은 것 같다.

누나와 첫째 여동생은 환갑이 지났고 둘째 여동생도 환갑이 턱밑이다. 이제는 엄마와 같이 늙어가는 나이이다. 못할 얘기도 없고 숨길 얘기도 없다. 코흘리개 때 칭얼거린 얘기도 하고 아들딸 시집·장가보낸 얘기도 하고 '나도 이제 허리가 아파' 하는 얘기도 한다. 그런 수다를 나눌 때가 엄마에게 행복한 시간인 것 같다.

관습의 변화

엄마는 백 살을 넘길 것 같다. 생명을 갉아 먹는 건 마음에서 오는데 마음을 비우고 모든 것에서 벗어나니 분명히 오래 살 것이다. 원래 고집이 세지는 않았다. 할머니의 뜻대로, 또는 아버지의 결정에 거의 수긍을 했다. 근래에 와서는 우리에게도 특별히 지시하거나 요구하는 일이 없다. 간섭도 거의 하지 않는다. 우리가 나쁜 짓을 하거나 못된 짓을 하지 않는 한 우리가 하는 일에 대해 무조건 동의한다.

마음이 병을 만들고 노화를 촉진한다. 원인은 욕심에 있다. 내 마음대로 해야 직성이 풀리고 내 하고 싶은 대로 해야 속이 후련하다는 사람이 있다. 그런 사람의 가슴에는 무언가 욕심이 있다는 얘기다. 그 욕심은 다른 사람과 마찰을 일으키고 충돌을 불러온다. 어른들은 '심기가 불편하다'는 말을 자주 한다. 그것은 내 뜻과 맞지 않아 마음이 뒤틀어 졌다는 것이다.

노인이 되면 잔소리가 많아진다는 말이 있다. 보고 들은 게 많고 경험이 많으니까 젊은 사람이 하는 게 자신이 알고 있는 것과 다르고 뭔가 서툴다는 생각이 있어서일 것이다. 그렇지만 과거의 경험이나 지식이 무조건 다 맞는 것은 아니다. 단지 자신이 알고 있는 것과 다르다는 것일 뿐이다. 다른 길로 간다고 해서 목적지를 못 찾아가지는 않는다. 가는 방향이 다르고 이용하는 수단이 좀 다를 뿐이다.

노인 중에는 화를 잘 내는 사람도 있다. 조금만 성에 차지 않아도 화를 내거나 짜증을 낸다. 늙어서 몸이 말을 잘 안 듣지만, 생각은 살아 있다는 표시이다. 자기 생각과 다르다는 것을 강력하게 표현하는 것이다. 그런 사람은 마음이 편협해져 있고 몸도 빨리 병들어 간다. 나이가 많아질수록 마음의 그릇은 더 커지고 여유로워져야 하는 게 정상이다. 그것이 건강하게 오래 사는 비결이 아닐까.

나의 지인 중 목사가 있다. 그는 젊은 시절부터 독실한 크리스천이었는데 집에서 제사를 지낼 때는 참여하지 않았다. 그의 아버지는 예로부터 내려오는 관례를 매우 중시했다. 그와 그의 아버지는 이 일로 여러 번 마찰이 있었고 나중에는 크게 다투었다. 결혼해서 아들을 얻고 난 뒤 결국 아버지와 등을 돌렸다. 벌써 20년이 지났는데 명절에도 부모님 댁을 찾아간 적이 없고 집안의 경조사에도 간 적이 없다. 완전히 남남이 된 것이다. 아버지와 등을 돌린 후 나이 오십이 다 될 무렵에 신학대학을 들어가서 지금은 목사가 되었다. 그로서는 젊을 때부터 하고 싶었던 일이었지만 아버지의 반대로 꿈을 접었다가 늦게 자신의 길로 다시 들어선 것이다. 그는 가끔 아버지와 어머니 그리고 고향 집에 대한 생각이 난다고 한다. 그의 아버지는 이제 구십이 넘어 내일 아침을 장담할 수 없다. 그렇지만 아직 화해 하지 않아 아버지를 보지 못하고 있다.

살아가면서 내 주장과 방식만을 고집하면 주위 사람과 마찰을 빚게 된다. 사람은 누구나 자기의 생각이 있고 모든 사람이 다 같을 수는 없다. 남이 나와 다를 수 있다는 것을 인정하면 다툴 일이 없다. 나와 다른 길을 걷는 사람으로부터 내가 경험하지 못한 정보를 얻을 수 있고 내가 몰랐던 사실을 깨달을 수도 있다.

이런 점에서 엄마의 마음은 매우 자유롭다. 나나 형이나 우리 모두의 생각을 다 안아준다. 엄마의 생각을 굳이 강요하지 않는다. 이러한 삶의 태도가 엄마의 정신을 더욱 맑게 해주고 건강하게 유지해 주는 것 같다. 우리 집에서는 제사를 한밤중에 지냈다. 새벽 첫닭이 울기 전에 제사를 지내는데 아마 그 시간이 하루 중 가장 조용하고 깨끗한 때라고 생각했기 때문이다. 날이 밝으면 귀신은 다닐 수가 없으니까 아무도 보지 못하는 깜깜한 시간에 조상님이 다녀가도록 하는 것이다.

제사가 있는 날은 열두 시까지 얘기하고 앉아 있거나 옷을 입은 채 잠시 누워 있다가 열두 시가 되면 일어나 상을 차리고 제사를 지냈다. 한두 시간 잠을 자고 일어나더라도 제사 지내고 음복 나눠 먹다 보면 잠이 다 달아나 버렸다. 안자고 기다리고 있더라도 잠을 제대로 못 자는 건 마찬가지였다. 더구나 자기 집에 돌아가서 잠을 자야 하는 사람은 더 힘들었다. 학교에 가거나 직장에 가야 하는 사람은 그게 좀 불편했다. 음식 준비하고 설거지하는 여자들도 상당히 번거로웠다. 아버지가 계실 동안에는 이런 관례를 바꾸지 못했다. 아버지가 돌아가시고 형이 제사를 주관하게 되면서 시간을 바꾸었다. 요즘은 저녁 시간에 맞춰서 제사를 지내고 식사도 같이한다.

그 뒤 제사의 횟수에도 변화가 생겼다. 증조할아버지, 증조할머니, 할아버지, 할머니의 제사를 날짜에 맞춰서 각각 지냈는데, 증조할아버지의 날짜에 증조할머니의 제사를 함께 지내고 할아버지의 날짜에 할머니의 제사를 함께 지내는 것이다. 그러니 제사의 횟수가 네 번에서 두 번으로 줄어 들었다. 이런 방식이 일반화된 것인지는 모르겠다. 이 생각이 형의 생각인지 형수의 생각인지도 모르겠다. 어딘가에서 정보를 받았으니 그런 의견을 냈을 것이다. 사람은 언제나 편리한 것을 찾게 되어 있다. 문명의 발전이 그런 방향으로 나아가고 있다. 편리한 것을 탓할 수는 없다. 단지 같이 참여하는 사람들 또는 주변의 환경이나 다른 사람의 시선에서 볼 때 크게 상식에 어긋나지 않으면 문제 될 게 없을 것이다. 엄마도 그런 것에 대해 불만을 가진 것 같지는 않았다.

추석날 아침에는 집에서 명절 제사를 지내고 산소에 가서 벌초를 하고 간단히 절을 하며 예를 올렸었다. 하지만 이것도 변화가 생겼다. 성묘 가는 차들이 많이 몰려 빨리 출발해야 조용하게 갈 수 있다. 그래서 아침을 먼저 먹고 산소로 가서 벌초한 후에 그곳에서 명절 제사를 겸해 예를 올리는 것이다.

세대가 바뀌면서 가정의 형식도 바뀌어 갔다. 옛것이 무조건 다옳다고 할 수는 없다. 관습이란 것이 사람이 만들어 가는 게 아닌가. 옛날처럼 씨족이 한 마을에 몰려 살 때는 같이 움직이고 같이일하는 게 쉬웠지만, 요즘에는 한가족 내에서도 사람마다 다른 곳에서 살고 하는 일도 많다. 제각각 다르니까 행동을 통일한다는게 쉽지 않다. 새로운 문화도 끊임없이 생기고 그것을 받아들이는상태도 세대가 바뀜에 따라 다 다르다. 다만 옛것을 존중하고 조상을 존경하는 정신만은 굳게 지켜야 하지 않을까.

이러한 변화를 처음 감지했을 때 엄마의 마음이 어땠을지 궁금하다. 70여 년을 몸에 익혀 왔는데 엄마 대에서 바꿨다고 조상님들께 죄를 지었다고 생각했을까. 죽어서 조상님을 뵐 면목이 없다고 생각했을까. 아니면 엄마 대에 와서 개혁을 이루었다고 마음 편하게 생각했을까.

엄마는 어느 하나에 집착하지 않는다. 이것 아니면 안 된다는 게없다. 흐르는 물과 같다. 돌이 있으면 돌아가고 나무뿌리가 있으면넘어서 간다. 흙이 있으면 품고 간다. 걸리는 물체가 있으면 그것을깨부수거나 뚫거나 파내고 가는 것이 아니라 그것들을 있는 그대로 포용하면서 흘러간다. 그러니 다투거나 싸우거나 충돌할 일이없나. 손아랫사람이라고 해서 막밀을 하지도 않는다. 아들딸이라고 해서 이래라저래라 말하지 않는다. 오히려 우리의 의견을 항상

지지해준다. 엄마의 생각이 자유로우니 스트레스를 적게 받을 것
이고 정신은 맑게 간직할 것이고 분명히 오래 살 것이다.

갈등

우리는 고향을 떠나온 지 오래 되었다. 고향 집과 논과 밭을 다 팔고 나왔다. 그래도 매년 고향에 간다. 그곳엔 조상님들의 산소가 있고 벌초를 해야 한다. 갈 때마다 고향 집을 바라본다. 이제는 모르는 사람이 살고 있지만, 집의 형태는 옛날 내가 살던 모습 그대로이다. 다만 대문 안마당에 우물이 생긴 게 다르다. 우리가 나가고 새로 이사 들어온 사람이 마당 입구에 우물을 팠는데 볼썽사납다. 넓은 마당에는 무엇을 그리 많이 펼쳐 놓았는지 어지럽다.

해바라기, 봉숭아, 나팔꽃이 해마다 피고 지던 화단은 온데간데 없이 사라졌다. 봄이면 꽃씨를 심고 꽃이 자라고 피는 것을 손꼽아 기다리던 내 마음은 좀 허전하다. 널찍한 미당을 깨끗이 쓸고 한편에 해바라기꽃이 피어 있던 옛 모습이 그립다.

고향 집 위쪽으로 집이 세 채 더 있었는데 지금은 집이 허물어지고 집터만 남아 있다. 그중에 한 집에 내 친구가 살았다. 나와 동갑이고 초등학교 3학년까지 같이 다녔는데, 가장 친한 친구였다. 그 친구네는 논밭이 없어 먹고 살기가 힘들어져 영천으로 이사를 했다는데, 그 후로 만난 적은 없으나 소식은 듣고 있었다. 어찌 된 영문인지 그 친구와 부모, 동생 하나까지 죽고 그 친구의 여동생인지 남동생인지 하나만 살아 있다고 들었다. 순박하지만 마음씨 하나만 갖고 살기엔 세상이 너무 많이 변했나 보다. 그 사이 나의 추억들도 하나씩 사라져 간다.

그 친구네 집과 이웃한 끝 집은 집터가 우리 소유인데 우리가 이사 나올 당시 사람이 살고 있어서 팔지 않고 그대로 두었다. 세월이 좀 더 지나서 그 사람들도 나가고 빈집으로 있다가 허물어져서 지금은 집터만 남아 있다. 몇 년 전 그날 아침 엄마에게서 전화가 왔다.

"이 일을 우째야 되겠노."

"왜 뭐가 잘못되었어요?"

"니 큰아제가 우리 집터를 제 것이라면서 지 앞으로 등기이전 해 놨단다."

아버지는 대구에 살면서 고향에 갈 일이 거의 없었다. 고향에는 작은할아버지가 면장으로 재직하고 있어서 고향과 문중에 관련한 일은 작은할아버지에게 맡겨놓고 있었다. 작은할아버지는 등기정리를 하면서 할아버지의 명의로 되어 있던 그 집터를 우선 작은할아버지의 명의로 이전해 놓았다.

그 이후 작은할아버지와 아버지는 돌아가시고 작은할아버지의 장남인 큰아제는 그 땅을 자기 앞으로 등기이전해 버렸다. 그리고 자기에게 소유가 넘어온 것이라고 주장했다. 엄마는 당연히 우리 소유라고 주장하고 급기야 전화상으로 언쟁까지 벌였다. 엄마는 나에게 전화할 때까지 흥분이 가라앉지 않았다. 엄마가 그렇게 화가 난 것을 본 적이 드물었다. 사실 시골의 땅값은 얼마 되지 않는다. 그것은 돈의 문제가 아니라 감정상으로 용납이 되지 않는 일이었다.

엄마가 시집올 때 큰아제는 다섯 살이었다. 우리 집은 대가족이어서 작은할아버지네와 한집에서 살았다. 우리가 대구로 이사 나온 후 큰아제가 대학을 다닐 때는 또 우리 집에서 같이 생활했다. 나와 형, 큰아제는 한방을 쓰면서 큰아제가 대학을 졸업하고 회사에 입사하고 결혼할 때까지 함께 살았다. 큰아제는 엄마에게 사촌 시동생이지만 이런 연유로 거의 한 식구 같았다.

큰아제의 학교는 집에서 멀었고 졸업 후 입사한 회사 역시 집에서 멀어서 엄마는 항상 새벽에 일어나서 아침 식사를 차려 주었다. 그런데 이제 와서 엄마를 배신하고 과거에 돌아가신 분들이 편의상 해놓았던 것을 마치 매매가 된 것처럼 주장한다는 것이다. 엄마는 이것을 용납할 수 없었다.

시골에 있는 조상님들의 산소와 남아 있는 산, 집터와 고향 마을과는 멀리 떨어져 있는 곳의 밭 등에 대한 소유에 대해서는 아버지로부터 몇 번 얘기를 들은 적이 있다. 아버지는 족보를 펼쳐 놓고 우리 문중에 대해서도 몇 번인가 말씀한 적이 있다. 아버지는 혹시 우리가 그런 것에 대해 잊어버릴까 봐서 말씀을 전해 주셨다.

씨족사회로 형성된 시골에서는 이런 일이 많이 있었다. 증조할아버지가 묻혀 있는 양지산은 우리 집 소유다. 그렇지만 등기상의 소유는 6명으로 되어 있는데 당시 같은 마을에 살던 먼 친척들이다. 지금은 다 죽고 그 자식들도 도시로 나가 연락도 잘 안 된다. 오래전에 그중의 한 후손과 연락이 되었는데 '그냥은 등기이전을 못 해준다'고 했다. 소유가 우리인 줄은 알지만, 그냥 해줄 수는 없다는 것이었다. 이게 무슨 의미인가? 아직도 그 산은 예전의 6명 명의 그대로 있다.

고향 마을의 뒷마을에서는 마을 공동소유의 밭이 있었다. 해마다 마을의 행사에 드는 비용을 충당하기 위해 공동으로 마련했다. 그 관리를 맡아서 하던 사람이 죽고 그의 후손이 관리하게 되면서 소유권을 자기 앞으로 해버리고 자기 것이라고 주장했다. 많은 어른이 죽고 일부는 도시로 나갔지만, 아직도 그 내용을 아는 사람들이 있어서 법원에 소송을 제기했다. 조용하던 시골 마을이 그 일로 인해 시끄러워지고 사람들 간에 갈등이 많이 생겼다. 나의 친구들도 관련이 있는데 친구들끼리 서로 외면하는 사이가 되어버렸다.

세상은 빠르게 변하고 있다. 우리를 둘러싸고 있는 환경도 빠르게 변하고 있다. 사람의 마음도 예전 같지 않다. 세상이 바뀌는 만큼 사람의 마음도 바뀌고 있다. 늙는 것도 빠르다. 내가 어릴 때 함께 살았던 어른들은 다 사라지고 이제 엄마만 살아 있다. 엄마는 조상이 물려주신 유산을 온전히 잘 간직하고 또 자손 대대로 잘 물려주고 싶어 한다. 사람 간에 맺은 정도 소중히 간직하려고 한다. 정이란 돈으로 살 수 있는 것도 아니다. 정을 간직한다는 것은 과거에 함께 살았던 사람들과의 역사를 보존하는 것이고 그 사람들과 나누었던 추억을 간직하는 것이다.

정이 사라진다는 것은 그 모든 아름다웠던 삶이 허무하게 지워져 버린다는 뜻이다. 그것이 너무 안타깝다. 그 후로 시간이 지나면서 엄마의 마음도 많이 정리되어 가고 있다. 마음을 비우고 또 비워서 새털같이 가벼운 몸으로 살고 싶어 한다. 있어도 그만 없어도 그만인 것은 없는 게 더 마음 편히 사는 길이라는 생각으로…….

들깨 수확

　　　　　　　　　엄마는 가방끈이 짧다. 첩첩산중 오지에서
태어나서 학교라고는 다녀보지도 못하고 농사일을 거들다가 열여
덟 살에 아버지와 결혼해서 시집살이를 시작했다. 농사짓는 집에
육 남매가 있었으니, 먹는 문제를 해결하는 것도 벅찬데 딸을 학교
에 보낼 호사는 꿈도 꾸지 못할 시절이었다. 동생인 외삼촌은 남자
니까 초등학교는 다녔지만, 딸에게는 그런 기회가 주어지지 않던
시절이었다. 동네친구들도 다 같은 처지였으니까 공부를 하고 싶
거나 학교에 가는 애들을 부러워하지도 못했다.

　그저 당연히 나이가 들면 농사일을 거들어야 하고 집안 뒤치다
꺼리를 해야 하는 것으로 여겼다. 내가 어린 시절 시골에서 살 때
만난 엄마 세대의 여자 중에서 학교에 다녔다는 사람은 없었다.
시골의 살림살이는 정말 궁하다. 땅이 많은 집은 그런대로 수확해

서 먹고 살 양식 걱정이 없지만, 대부분의 집은 먹을게 부족했다. 가을걷이가 끝난 가을에는 먹을 양식이 좀 있지만 봄이 되면 곡식 항아리는 바닥을 드러냈다. 그래서 밥걱정을 하지 않고 지내는 집은 거의 없었다.

이때부터는 감자나 칼국수 같은 게 주식이었다. 감자 몇 알 삶아서 점심을 때우거나 칼국수를 묽게 쑤어서 저녁으로 대신하는 것이다. 이런 생활이 여름철을 지나 초가을 수확이 될 때까지 이어졌다. 감자는 그냥 감자만 삶아서 먹기도 하고 쌀이나 보리쌀에 얹어서 섞어 먹기도 했다. 칼국수를 할 때는 호박잎, 감자, 파 등을 썰어 넣고 끓였다. 요즘은 참살이 바람이 불어 이런 음식이 건강에 좋다고 호들갑인데 실제 이런 음식을 며칠간 계속 먹다 보면 질리게 된다. 제발 명절이나 어느 집 잔치라도 있었으면 하고 기다리기도 했다. 그때는 밥을 먹을 수 있었기 때문이었다. 그렇지 않으면 제삿날이라도 돌아오라고 빌기도 했다.

식구들이 먹는 것을 해결하는 게 급선무였으니까 그 외에 돈이 들어가는 것은 생각할 수 없었다. 산골에서 돈을 마련하기가 그만큼 어려웠던 시절이었다. 가방끈이 짧다고 해서 살아가는 데 지장이 있는 것은 없다. 가방끈이 긴 나보다 엄마의 생활 지혜는 훨씬 더 많다. 내가 알고 있는 것은 책으로 알고 있는 것 또는 신문이나 방송을 통해 들은 것 또는 다른 사람의 입을 통해 들은 것들이다. 학교에서 배운 수많은 글도 있지만, 실생활에 쓰이는 지식은 별로 없다. 이론으로만 아는 것이 실제 살아가는 경험으로 엮이진 못했다.

엄 마 의 삶 에 스 며 들 다

몸으로 체득한 지식은 내 몸이 썩지 않는 한 항상 내 것이다. 그러나 이론상으로만 아는 지식은 내 머릿속에 잘 붙어 있지 않다. 어떤 일이 닥쳐도 잘 활용 되지 않는다. 엄마의 지식은 모든 게 경험으로 터득한 것이다. 수많은 경험이 쌓여서 어떤 일이 일어나도 금방 경험에서 우러나오는 생각이 튀어나온다. 한마디로 지혜의 보고다.

텃밭에 들깨를 심어 깻잎을 따 먹은 지 서너 해가 되었다. 깻잎에서 나는 향이 좋아서 나를 비롯해 우리 가족은 깻잎을 참 좋아한다. 더구나 내 손으로 직접 키운 것이니 더욱 애정이 간다. 깻잎을 키울 때 나는 흙과 바람, 햇빛과 물에만 의존한다. 최대한 자연에 맡기고 시간을 기다리는 농법을 택한다. 농법이라 할 것도 없지만 게으른 사람에게 안성맞춤인 방법이다. 그 흔한 퇴비조차 주지 않는다.

바로 옆에서 텃밭을 일구는 사람은 봄가을에 퇴비를 듬뿍 준다. 그리고 비료도 조금씩 준다. 그렇게 키운 채소는 잎도 크고 두께도 두껍고 튼실하게 보인다. 가끔 벌레를 없애는 약도 치는 모양이다. 나는 약을 언제 치는지, 어떻게 뿌리는지 또는 비료를 어디서 구해서 어떻게 뿌리는지, 퇴비는 언제 얼마나 주는지, 이런 것을 물어본 적도 없다.

어느 날 옆에서 텃밭을 텃밭을 일구는 사람이 말을 걸어 왔다.

"장 옹기 파는 집에 가면 비료 천 원어치도 팔아요. 그것 사서 조금씩만 뿌려 주세요. 그러면 잎이 튼실하게 잘 자라요."

그래도 나는 그 말을 한 귀로 듣고 한 귀로 흘려버렸다. 애초부터 비료를 줄 생각이 없었다. 더 크게 키우고 더 빨리 자라게 하고 싶은 생각이 없었다. 자연이 주는 영양분을 받아서 저 스스로 자라도록 하고 싶었다.

　　내가 할 일이 한 가지는 분명히 있었다. 때를 놓치지 않고 물을 주는 것이다. 이건 자연에 맡겨서는 해결 되지 않았다. 올해처럼 가뭄이 심하면 생명을 유지할 수가 없다. 며칠만 비가 내리지 않아도 잎이 시들고 말라 간다. 땅은 하얗게 마르고 바람이 불면 먼지가 날릴 정도가 된다. 그런 걸 들여다보면 내 마음이 말라 간다. 마르다 못해 가슴이 타들어 간다. 그래서 물 주는 것만은 절대 빼먹을 수가 없다.

　　게으른 농법이라고 했지만, 실제는 게을러질 수가 없다. 하루라도 잎이 자라고 잎에 생기가 올라오는 모습을 보지 않으면 궁금해서 견딜 수가 없다. 새벽에 잠이 깨면 발걸음은 텃밭으로 향한다. 밤새 잘 자랐는지, 혹시 짓궂은 바람에 줄기가 넘어지지 않았는지, 부러진 나뭇가지에 맞아서 쓰러지지 않았는지 확인하는 것이다. 그리고는 물이 필요한지 확인하고 물을 준다.

　　퇴비도 주지 않고 벌레 약과 비료도 주지 않지만, 물을 주는 것만은 빼먹지 않는다. 주위에 몇 사람이 텃밭을 일구고 있는데 물을 거르지 않고 꾸준히 주는 곳은 우리 밭뿐이다. 물을 잘 먹은 들깻잎은 항상 파릇파릇 생기가 돈다. 비료를 먹은 잎에 비해서 크기도 작고 두께도 얇지만, 촉감은 아주 부드럽고 맛도 좋다.

엄 마 의 삶 에 스 며 들 다

특히 향이 진해서 식탁에 올리면 그 향내에 취한다. 아내는 이게 바로 자연산이라며 열광을 한다. 아내가 "좋다. 맛있다."는 말을 하면 나는 정말 바보처럼 기분이 좋다. 지금껏 살아오면서 아내를 기분 좋게 만들어준 적이 별로 없었는데, 들깻잎으로 아내를 기분 좋게 할 수 있다면 이런 일은 수백 번도 하겠다. 아내는 이 깻잎을 무척 좋아한다. 시장에서 산 건 향이 밍밍해서 맛이 없단다. 여름철 냉장고에 깻잎이 없으면 깻잎 뜯어 오라고 구박을 한다. 이런 구박은 들어도 기분이 좋다. 내가 할 수 있는 즐거움을 일깨워 주니까……

초가을 선선한 바람이 불면 깻잎은 더 이상 성장하지 않고 씨가 여물어 간다. 씨가 익어가는 것과 반비례해서 잎은 점점 말라간다. 씨는 아주 작다. 좁쌀보다 더 작다. 들기름을 짜는 들깨는 이것보다 씨가 굵은데 잎들깨는 잎으로 성장의 영양분이 다 가고 씨로는 별로 가지 않나 보다.

씨가 너무 작다 보니 들깨 씨를 수확할 생각은 하지 않고 그대로 밭에 내버려둔다. 그러면 이듬해 봄, 저절로 떨어진 씨에서 또다시 싹이 돋아난다. 서너 해는 이렇게 저 스스로 자라고 여물고 또다시 생명을 잉태하도록 자연에 맡겨 두었다.

지난 추석에 엄마 집에 가서 엄마와 느긋하게 얘기를 나눌 시간이 있었다. 추석날 아침에 성묘를 갔다 오면 오후 늦게나 집에 돌아온다. 아버지, 할머니, 할아버지가 계시는 산소는 고향인 청송에 있어서 아침 일찍 서둘러 갔다 오더라도 하루가 다 지나간다.

형님, 조카네가 다 돌아가고 밤에 서울에서 내려온 나와 엄마만
남아서 이런 얘기 저런 얘기를 나누었다. 그런 중에 엄마가 말씀
하셨다.

"너 들깨 심었다더니 들깨 씨도 거둬들였나?"

"그거 너무 잘아서 그냥 밭에 둬 버렸어요. 내년 봄에 씨가 떨어
져 또 싹이 나겠지요."

"씨가 작아도 그냥 버리기는 아깝잖아. 들깨는 몸에도 좋은 건
데 알이 잘아도 한번 털어서 모아봐. 절구통에 꼭꼭 찧어도 되고,
프라이팬에 볶아서 먹어도 돼."

듣고 보니 해 볼 만하다는 생각이 들었다.

추석이 지난 어느 날, 붙어 있는 들깨 대를 잘라서 햇볕에 며칠
을 말렸다. 잎과 줄기가 말라서 서걱서걱 소리가 날 때 씨 대를 털
었다. 들깨 기름을 짤까, 아니면 샐러드에 섞어서 먹을까 하는 즐
거운 상상을 했다.

씨 대를 다 털고 난 뒤에 떨어진 들깨 씨를 모으려고 하는데 씨
를 감싸고 있던 씨껍질과 잎 부스러기와 씨가 섞여 있어서 씨만 따
로 분리하는 게 도저히 불가능해 보였다. 씨가 좀 굵으면 손으로
집어내거나 살살 굴려서 따로 분리할 수도 있겠는데, 씨가 너무
잘아서 그렇게 할 수도 없었다.

어떻게 할 방도가 없어서 이틀간을 그대로 두었다가 나름대로
좋은 방안을 생각해 내있다. 커다란 함지박에 쏟아붓고 물을 부으
면 될 것 같았다. 물을 부으면 씨는 가라앉고 껍질과 잎 부스러기

는 떠오를 테니 떠오른 것만 쏟아 버리면 될 것 같았다. 마음속으로 쾌재를 불렀다. 역시 궁하면 통하는구나 하는 생각도 들었다.

그렇지만 역시 선생님에게 확인해 봐야지 하는 생각에 엄마에게 전화했다. 엄마의 대답은 1초도 걸리지 않았다.

"그거 안되. 씨도 가벼워서 물에 뜨게 돼."

내가 며칠을 고민 고민해서 얻은 해결책이 1초도 안 되는 순간에 안 되는 거로 결론이 나버렸다. 내가 가진 지식이란 게 이런 거다. 생활에 쓸모 있는 게 별로 없다. 실생활에 필요한 지식은 모두 엄마의 커다란 경험창고에서 나온다. 환갑이 넘은 내가 아직도 엄마의 지혜에 의존해야 한다.

엄마의 해결책은 간단했다.

"그물처럼 생긴 플라스틱 바가지가 있지. 거기에다 붓고 좌우로 흔들흔들 흔들어 줘. 그러면 알이 작은 씨는 아래로 떨어지고 껍질과 잎 부스러기는 바가지에 남게 돼."

여든다섯 살의 엄마는 나에게 영원한 선생님이다.

엄마와 대화하기

　　　　　　　엄마는 홀로 사신지 14년째다. 세월을 오래 보냈다고 외로움을 한 방에 날려 보내는 비법을 터득하지는 못한다. 말을 나눌 사람이 없으니 밤이면 적적하고 잠자리에 누워도 잠이 쉽게 오질 않는다. 그러잖아도 노인이 되면 밤잠이 없다고 하는데 너른 집에 혼자 계시자니 상념은 자꾸 찾아들고 쓸쓸함은 떨칠 수가 없다.

젊은 시절에는 3대가 한집에 사는 대가족 집안이어서 항상 사람이 북적였다. 우리 육 남매에 오촌도 학교 다닐 동안 둘이나 같이 지냈고, 사촌도 가끔 드나들었다. 엄마가 조용히 지낼 시간이 없을 정도로 분주한 시절을 보냈다.

그 많던 사람들이 하나, 둘 다 떠나고 텅 빈 집에 혼자 계신다. 늘 사람들로 복닥거리던 거실이 휑하니 썰렁한 공기만 채우고 있으니 가슴속의 공허함은 더 크실 거다.

처음에는 노인대학엘 다니셨다. 이웃에 사는 노인들과 말벗 삼아 같이 다니셨다. 공부하는걸 재미있어하셨다.

"거기서 뭘 배우세요?"

"한글 배워. 쓰기도 하고 읽기도 배우고. 근데 까막눈인 사람도 있어. 나는 좀 나은 편이야."

몇 달 다니셨을까, 노인대학 운영을 교회에서 했나 본데, 교회에 나오라는 권유가 조금씩 늘어 갔다. 원래 종교를 갖지 않은 분이시라 그게 좀 불편했는지 학교 다니는걸 그만두셨다. 같은 연배의 어르신들이 다 비슷할 테지만, 어릴 때 학교를 제대로 다니지 못해서 늦게나마 학교 다니는데 재미를 붙이셨는데, 아쉬움만 남기고 조기 졸업해 버렸다.

그렇다고 집에서만 지내기에는 하루가 너무 길다. 누구라도 붙잡고 수다도 떨고 세상 돌아가는 얘기도 해야 답답한 가슴이 좀 뚫릴 텐데……. 젊은 사람들 생각에는 노인들이 나무 그늘에 앉아 느긋하게 세상을 관조하면서 노년을 편하게 보내고 있는 거로 생각할지는 모르지만, 실상은 그렇지 않은 것이다. 일이 없으니 하루가 무료한 거고 얘기 나눌 상대가 없으니 외로운 거다.

그래서 그 이후로 경로당엘 나가신다. 이전에는 한 번도 가보지 않았던 경로당에 가서 친구도 많이 사귀셨다. 점심을 먹고 경로당에 가면 저녁은 그곳에서 친구들과 같이하고 저녁 7시경에 집으로 오신다. 가서 화투도 치고 노래도 배우고 가끔 체조도 배우고, 그 시간 만큼은 즐거우신가 보다. 그렇지만 시간이 너무 짧은 게 불만이시다. 왜 문을 좀 더 일찍 열어 주지 않는지, 왜 밤에는 문을 잠가 버리는지 그게 의문이다.

몇 해 전 아버지 제사를 지내고 동생과 나, 둘이서 밤을 지내게 되었다. 다른 형제들은 집이 대구인지라 서울에서 내려온 동생과 내가 남게 됐다. 잠을 자고 아침에 깨어났는데 엄마의 표정이 너무 맑았다.

"야야, 어젯밤에는 잠을 너무 잘 잤다. 늘 잠을 설치고 자다가 몇 번씩이나 깨고는 하는데 어제는 한 번도 안 깨고 잘 잤어. 야가 옆에 누워 있으니 안심이 돼서 그런지 잠이 너무 편안하게 오네!" 하셨다.

순간 전기에 감전된 듯 온몸이 찌릿했다. 자식이 여섯이고 손자가 열셋이나 되는데도 늘 홀로 밤을 지새우고 얼마나 쓸쓸하셨을까. 어쩌다 한 번, 일 년에 두세 번 잠만 자고 돌아가는데, 그게 그렇게 마음을 편안하게 만들었다니. 오히려 하룻밤 옆에서 잠을 자 줘서 고맙다는 뜻으로 들린다. 이게 어찌 된 일인가. 평생을 뒷바라지해서 키워 주셨는데 하루 잠 같이 잔 거로 고마움을 느끼시다니. 우리는 모자라도 너무나 모자란다. 가슴이 아려 온다. 죄책감이 든다.

어떻게 하면 덜 외롭게 해드릴까 생각하던 중에 전화를 자주 하자고 마음먹었다. 그런데 이게 좀 쉽지 않다. 우리가 정이 있더라도 밖으로 표현을 잘 하지 않았고, 학교 다닐 때도 학교에서 생긴 일을 집에 와서 얘기해 본 적도 없었다. 직장에 다니면서도 바깥일에 대해 엄마에게 얘기한 적이 거의 없었다. 그러니 전화를 하더라도

"건강은 괜찮으세요?"

"식사는 하셨어요?"

"날씨가 추운데 보일러 좀 돌리세요."

이런 몇 마디면 할 얘기가 없어졌다. 이래서야 전화를 자주 할 수가 없다. 어떻게 하면 계속 얘기할 거리를 만들 수 있을까. 엄마가 잘 아는 것, 살아오신 경험이 축적된 것, 그렇다. 농사, 채소 가꾸기. 이 분야에서는 전문가다. 나에게 엄마는 선생님으로서의 자격이 충분하다. 그래서 나는 수시로 전화를 한다.

"엄마, 지금 채소를 좀 심을까 하는데 뭘 심으면 좋을까요?"

"5월 중순인데 씨 뿌리는 게 좀 늦었다. 그래도 상추 심어 봐. 잎이 다 자랄 때까지 기다리지 말고 좀 컸다 싶으면 뿌리째 뽑아 먹고 또 씨를 뿌려. 작은 잎을 그냥 뽑아 먹으면 돼."

장마가 지나가자 작은 잎들이 다 녹아서 없어져 버렸다.

"엄마, 잎이 다 죽어 버렸어. 어째야 하지?"

"그럼 부추 씨 뿌려. 배추가 좋긴 한데 그건 벌레가 너무 많이 생겨서 키우기 힘들어."

가을이 되어 잎이 떨어지고 아침 날씨도 쌀쌀해져서 이제는 채소농사도 끝난 것 같았다.

"올해는 더 할 게 없지?"

"아니야 지금 시나나빠(알고 보니 '유채'였다) 씨 뿌려두면 좀 자라다

가 겨울 넘기고 봄에 그대로 잘 자라"

엄마의 대답에는 막힘이 없다. 대답하는 목소리도 신명이 난다. 엄마의 사전에 농사란 일 년 연중에 쉬는 법이 없고, 땅도 놀리는 법이 없다. 무엇으로 이런 신나는 일을 만들어 드릴 수 있을까. 나는 또 어디서 이런 살아있는 사전을 얻을 수 있을까.

다음에 정말 손바닥만 한 밭 이라도 장만해서 상추, 치커리, 브로콜리에 호박도 심으면서 두고두고 엄마와 대화를 이어가고 싶다.

유채 키우기

　　　　　　멀리 떨어져 계신 엄마와 전화로 안부도 묻고 대화도 나누고 해야겠는데 늘 얘깃거리가 부족했다. 자주 전화를 드려야 덜 외로우실 테고 마음이 안정되실 텐데, 안부만 묻고 끊을 수 없었다. 또 자주 전화해 똑같은 안부만 반복하는 것도 내키지 않았다. 그래서 생각한 것이 '채소를 키우거나 농사에 관한 것들을 물어보자'는 것이었다. 다행히 이 분야에 대해서는 엄마의 지식은 막힘이 없다. 젊은 시절 농사를 지어 보셨고 이후에도 꾸준히 텃밭 일을 해오신 터라 거의 전문가 수준이다.

　엄마의 반응은 내가 생각했던 걸 훨씬 뛰어넘는다. 관심도 많고 얘기하는 게 재미가 있으신 모양이다. 지난해 설날에는 가방을 꾸리고 있는데 유채 씨앗이라며 한 봉지를 주셨다. 엄마와 대화를 하기 위해 채소를 심고 가꾼다고 했더니 엄마는 내가 주말농장이라도 하나 마련 한 줄로 아시는 것 같다.

봄이 되어 북한산 산길을 다니며 양지바른 산기슭의 풀들이 잘 자라는 곳에다 씨앗을 뿌려 두었다. 따로 밭고랑을 만들 필요도 없고 씨앗을 심을 곳에다 흙을 파헤칠 필요도 없다. 굵은 나뭇가지만 걷어내고 손으로 슬슬 뿌려 둔다.

텃밭을 하는 사람들을 보면 우선 흙을 깊이 파헤쳐서 밭갈이를 하고, 퇴비를 섞어서 땅을 고른 후에 씨앗을 심는다. 북한산 산기슭에 씨앗을 뿌리는 나는 그렇게 할 수도 없고, 그렇게 해서도 안 된다. 사람이 먹는 채소도 중요하지만, 저절로 자라는 풀도 귀하지 않은 게 없다. 이곳에서는 풀들이 원주민이고 유채는 이제 이사 온 신출내기에 불과하다. 원주민이 살 수 있도록 터를 내주면 사는 거고 그렇지 않으면 퇴출당하는 수밖에 없다. 풀들이 자라는 사이사이에서 유채가 싹을 내고 자리를 잡아가 주면 그걸로 좋은 거다.

3주 정도 지나자 싹이 자라는 게 보인다. 유채 씨를 뿌릴 때 함께 뿌려둔 상추도 싹을 내고 있다. 풀과 섞여서 포릇포릇하게 머리를 내미는 게 보기 좋다. 손가락 크기만큼 자랄 때까지는 유채와 상추는 별 차이 없이 자란다. 그런데 날이 갈수록 유채는 풀과 함께 자라지만, 상추는 더 이상 자라지 못했다. 풀숲 사이에 묻혀 버리고 나중에 보니까 다 죽어 버린 것 같았다.

왜 유채는 살 사라는데 상추는 못 자랄까. 궁금해서 엄마에게 물어보았다.

"유채 씨앗은 작년에 들에서 저절로 자라는 걸 보고 그 씨를 받아 놓은 거고, 상추씨는 시장에서 산 거야."

엄마의 대답에서 해답을 찾을 수 있었다. 요즘 시장에서 파는 종자는 전부 사람의 손을 빌려 대량생산 또는 속성생산에 적합하도록 변형된 것이다. 밭갈이를 해주고 퇴비를 주고 제초제를 뿌려주고 농약을 쳐 주어야 한다. 이렇게 해주지 않으면 스스로 자랄 힘이 없다. 야생의 풀들과 경쟁해서 이길 수가 없다. 이게 야생에서 자랄 수 있으려면, 야생에서 키워서 씨앗을 채집하고, 그 씨앗을 다시 야생에 심는 과정을 3~4년은 해야 한다고 한다.

어쨌든 유채는 잘 자라고 있다. 딸은 유채가 자라는 게 신기한 모양이다.

"아빠 유채 물 주러 가야지."

며칠간 비가 오지 않고 땅이 메마르면 딸은 물 주러 가자고 한다. 도시에서 태어나서 그곳에서만 자란 딸은 씨앗을 뿌려서 싹이 트고 잎이 자라는 게 신비로운가 보다. 딸의 성화에 페트병 두 개에 물을 담아서 산길을 걸으며 물을 뿌려 준다.

"아빠 이거 지나가는 사람들이 다 뜯어가 버리면 어떡해?"

이 길을 지날 때 딸은 유채잎을 누가 뜯어가 버릴까봐 걱정한다. 그렇지만 그런 염려는 안 해도 좋을 것 같다. 이 길을 지나는 대부분의 사람이 도시생활을 하는 사람들인데, 풀 속에서 풀과 함께 섞여서 자라는 유채를 알아볼 사람이 얼마나 될까. 그걸 알아보는 사람이라면 자연과 풀에 대해 관심이 많을 테니 오히려 유채를 아끼는 마음이 있지 않을까.

　도시인은 농사를 너무 모른다. 채소가 어떻게 자라는지 모른다. 흙과 풀의 역할이 무엇인지도 모른다. 시장에 가면 언제든지 살 수 있으니 채소가 자라는 것에 관해서는 관심이 없다. 그러나 직접 심어 보고 길러 보면 생명의 오묘함을 알게 될 것이다. 겨우내 메말랐던 땅에서 유채가 싹을 틔우는 모습은 정말 신비롭다. 그 연하디연한 잎이 어떻게 무거운 흙을 헤치고 솟아오를까. 차가운 겨울의 언 땅속에서 어떻게 죽지 않고 살아남을까. 잡초 속에서 어떻게 죽지 않고 살아남아 꽃을 피울까.

　엄마는 전화로 가끔 얘기하신다.

　"유채잎이 조금 커지면 뜯어 먹으면 돼. 그러면 또 잎이 나와서 자라게 돼. 꽃이 피고 씨앗이 여물면 받아 뒀다가 올해에는 가을에 심어. 그러면 가을에 싹을 틔워 자라다가 한겨울을 넘기고 봄에 다시 계속 자라게 돼. 그 때 먹으면 더 건강한 유채잎이 되는 거야. 그래서 유채를 월동초라 부르는 거야."

　그렇지만 잎을 뜯는 것보단 잎이 자라는 걸 보는 게 더 즐겁다. 비가 오면 좀 더 자랐나 가서 보고, 바람이 많이 불면 쓰러지지 않았나 가서 보고, 가뭄이 이어지면 페트병에 물을 담아 목도 축여 준다. 이로 인해 딸과 산길을 걸으며 많은 얘기도 나눌 수 있고, 엄마와 대화하는 횟수도 더 늘어나고 얼마나 좋은가!

엄 마 의 삶 에 스 며 들 다

태풍이 지나간 자리

태풍이 지나간 주말에 북한산 진관사 앞길을 걷는다. 태풍이라면 7월이나 8월이 제철일진데 어찌 9월 중순이 지난 이맘때 찾아오는가. 태평양 하늘 위에서 놀던 바람과 구름이 숨바꼭질하다 정신을 놓쳐 한반도까지 날아오는가. 절기를 잊어버리는 건 태풍뿐만이 아니다. 빗줄기가 폭포로 변하기도 하고 땅이 햇볕이 달궈진 양철판처럼 뜨거워지기도 하고 가을의 비구름이 굵은 얼음덩어리로 변하기도 한다. 하늘이 변덕을 부리는 건 이제 인간 세상 돌아가는 것들이 마음에 안 든다는 짜증의 신호인가. 어찌 9월 중순의 태풍은 인간에게도 참기 힘든 시련을 주는가.

그래도 태풍이 쓸고 간 하늘은 너무나 맑고 푸르다. 코끝으로 스며드는 공기는 너무나 시원하다. 가녀린 풀잎도 한껏 허기를 채우고 허리를 곧추세운다. 길가에 노랗게 오이꽃이 피었다. 너는 어찌

길을 잃어 여기에서 꽃을 피우고 있는가. 제 길을 찾아서 누군가의 밭에서 피었더라면 따뜻한 보살핌을 받았을 텐데.

진관사 쪽으로 올라가지 않고 옆으로 방향을 틀어 은행나무숲으로 들어선다. 같이 간 딸애가 묻는다.

"아빠 이게 편백나무 숲인가?"

은행나무를 촘촘히 심어서 가지가 옆으로 뻗지 않고 하늘로 치솟았다. 곧게 쭉쭉 뻗은 게 편백나무 숲으로 보였나 보다. 숲의 내음도 좋고 운치도 있다. 은행나무여도 괜찮고 편백나무여도 상관이 없다. 이런 길을 딸과 같이 걸을 수 있어서 좋고, 다 커버린 딸과 자연스러운 대화를 나눌 수 있어서 더욱 좋다.

한참 걸어가다 보니 10여m 높이가 됨직한 커다란 나무가 바람을 못 이겨 쓰러져 있다. 나무는 가지가 올라간 만큼 뿌리도 뻗는다는데 이렇게 키 큰 나무가 어떻게 힘없이 쓰러졌을까. 북한산은 암벽이 많아서 뿌리가 깊이 못 내려가서 그럴까, 아니면 아까시나무 자체가 뿌리를 깊이 내리지 않아서 그럴까.

새로운 생명이 탄생하고 환경의 변화에 못이기는 어떤 생명은 소멸하는 게 자연의 이치겠지만 이런 아름드리나무가 태풍을 못 이겨 쓰러지는 건 너무 안타깝다. 인간의 환경파괴에 따른 피해가 아니길 바랄 뿐이다. 쓰러진 나무를 보니 언뜻 동생의 과수원이 생각났다.

'바람 피해는 없나. 떨어진 사과 있으면 한 상자 보내.'

아침 뉴스에서는 대형할인점에서 떨어진 사과를 버리기 아깝고, 농민도 도울 겸 싼값에 그것을 판다고 했다. 올해 처음 사과 과수원을 시작한 동생이 태풍으로 고생할 것 같아 떨어진 사과라 도 좀 사주자는 마음에 휴대전화 문자를 보냈다.

'사과는 없고 사과즙 두 상자 보낼게.'

이게 무슨 뚱딴지같은 소리인가. 갑자기 사과즙을 보낸다니, 사 과즙은 아내도 딸도 별로 좋아 하지 않았다.

'사과즙 보내지 말고 다음에 사과 보내.'

문자회신을 하고 집으로 돌아오는데 뭔가 좀 석연치 않다. 왜 사 과즙을 보낸다 했을까. 태풍이 경북 북부와 영동지역을 지나간다 고 했는데 사과밭을 피해서 간 걸까. 대구에서 줄곧 살다 젊음이 사라진 나이에, 동생은 청송 산골에 가서 사과농사를 올해 시작 했다. 태풍이 알아서 그냥 지나가 줬다면 얼마나 감사한 일인가.

저녁 무렵에 엄마에게서 전화가 왔다.

"가들(걔들) 사과나무 가지도 다 부러지고 사과도 많이 떨어졌단 다. 나는 한 상자, 정옥이네 네 상자, 향이네는 팔아 보겠다고 다 섯 상자 주문했어."

모든 소식은 엄마에게로 통한다. 엄마는 정보의 집결지이자 발 신지이다. 7~8월에 떨어진 사과는 팔 수도 없고 맛이 덜 들어서 버려야 한다. 이번 태풍처럼 9월 중순에 떨어진 사과는 그냥 버리 기에는 너무 아깝다. 굵기는 이미 다 굵었는데 햇빛을 좀 더 받게 해, 빛깔을 발갛게 만들기 위해 따지 않고 둔 것이다.

그렇지만 이미 떨어진 것은 여기저기 상처를 입고 상품성이 떨어져 팔 수 없다. 팔더라도 값이 형편없다. 그래서 그런 낙과는 사과즙으로 만들어서 판다는 것이다. 사과농사에 대해 잘 모르는 나는 이런 사정을 모르고 사과즙은 보내지 말고 나중에 사과 따면 그때 가서 사과 한 상자 보내라고 했으니 동생은 좀 서운했을 것이다. 그렇다고 '내가 이렇게 어려우니 몇 상자 책임져 줘'라고 얘기도 않는다. 우리 형제들은 어렵더라도 어려운 사정을 잘 얘기하지 않는다. 스스로 어떻게든 헤쳐나가려고 하는 편이다. 자랄 때 여섯 남매가 같이 복닥거리면서 자라다 보니 어느 것 하나도 풍족하게 가져 본 적이 없었다. 그러니 자연스럽게 어려운 사정이 생겨도 적응해 나가는 습성이 생긴 것 같다.

엄마의 마음은 다르다. 나이가 오십이 넘은 자식이지만 일 년 농사를 망치게 될까 봐 가슴이 아프다. '저것들이 농사지어 본 적도 없으면서 덜컹 사과밭 사더니 태풍에 다 날리고 어깨 축 처져서 돌아올까 봐' 마음이 답답하신 거다. 사정을 들은 나도 가만있을 수는 없었다. 사과즙도 주문하고 사과도 따로 더 주문했다.

태풍이 지나가고 사과도 떨어졌지만 모든 게 다 나쁜 건 아니다. 태풍으로 인해 오히려 가족 간에 정을 확인할 수 있었고, 또 어려운 일을 견디어 내면서 삶을 살아가는 힘을 더 얻을 수도 있다. 전에 들은 미꾸라지 얘기가 생각난다. 추어탕 집에서 미꾸라지를 키울 때 커다란 어항에 칸을 만들어 미꾸라지와 메기를 사이 사이에 넣어 키운다는 얘기다. 미꾸라지는 메기에게 잡히지 않으려고 계속 도망 다닌다. 그렇게 되면 운동량도 많아지고 먹이도 많이 먹게 되어 미꾸라지는 살도 찌고 더 튼튼하게 자란다.

　사람도 고난과 역경을 겪은 후에 더 성숙해지고 삶을 헤쳐나가는 지혜가 더 생길 것이다. 비록 태풍으로 사과도 떨어지고 나뭇가지도 부러졌지만, 이것이 새로운 지식이 되어 내년에는 풍성한 사과의 결실을 알려주는 동생의 소식을 들으면 좋겠다.

산초나무

　　　　　북한산을 다니다 보면 산초나무를 여기저기
서 발견할 수 있다. 잎이 조그마한 게 양쪽으로 줄지어 달려있고
열매도 무리를 지어 소복하게 열려 있어 참 예쁘다. 키가 다 자란
나무보다 아직 좀 덜 자라서 1m 정도 되는 것이 보기에는 더 좋
다. 정원수로 심어도 좋고 키가 좀 작을 때 화분에 심어 두어도 좋
을 듯하다.

　어릴 때 산골에서 자라며 어렴풋이 눈에 남은 잔상이 떠오르기
도 하고, 코끝으로 전해오는 향이 예전에 맡아 본 적이 있는 것 같
아 자세히 들여다본다. 잎을 한 장 뜯어서 씹어보고 다시 향도 맡
아 본다. 그래도 확신이 안 선다.

　이게 산초나무인지 제피나무인지 헷갈린다. 이럴 때 나의 선생
님은 어머니다. 올해 여든셋이신 어머니는 젊을 때 청송의 보현산

자락으로 이어진 산을 누비면서 온갖 산나물을 뜯으셨다. 고사리, 참나물, 더덕, 취나물 등 나는 이름도 모르는 수많은 나물을 잘도 가려서 따오셨다. 그래서 산에서 나는 풀이나 나무에 대해서는 박사다. 물론 내 기준에서 말이지만.

사람의 기억력은 참 오묘하다. 그때 이후로 도회지에 나와 사신 지가 50년은 되었고 연세도 여든을 넘기셨는데, 아직도 모르는 게 없다. 경험으로 배운 지식은 이렇게 생명이 긴가 보다. 글로만 배우거나 말로 듣기만 한 것은 오래가지 못한다.

산초나무에 대해서도 역시 엄마에게 한 수 배운다. 자세히 본 것대로 얘기하고, 잎을 씹어 본 맛, 코끝에 전해진 향을 얘기해 드렸다.

"아 그거 난도야. 옛날에 난도 기름 짜서 지짐 부쳐 먹고 나물도 무쳐 먹고 했지."

"제피하고 달라요?"

"제피하고는 달라. 맛도 다르고. 제피는 미꾸라지 국 끓일 때 넣는 거고, 난도는 약으로도 썼어."

"무슨 약으로요?"

"감기 걸렸을 때도 먹고, 이 아플 때도 먹었지."

표준말로는 산초라 부르지만, 청송지역에서는 난도라 불렀던 모양이다.

"산초로 장아찌도 담근다는데."

"장아찌는 담근 적이 없다. 장아찌로 담그려면 열매가 덜 익었을 때, 푸르고 말랑말랑할 때 따야 될 거야."

전라도 지역에서는 장아찌도 만들어 먹는다는데, 경상도에서는 장아찌로 만들지는 않았다고 한다. 해본 적은 없지만 하려면 덜 익었을 때 따야 된다는 걸 얘기하시는 걸 보면 이런 게 경험에서 우러나오는 삶의 지혜가 아닐까.

산초는 잇몸의 통증이 있거나 피가 나올 때 식초를 넣고 달여서 입속에 머금고 있으면 통증도 가라앉고 염증도 가라앉게 한다. 위장장애가 있거나 구토, 복통, 소화가 잘 안 될 때도 달여서 먹으면 좋다. 열매와 껍질, 잎을 함께 넣어서 끓이면 된다.

기름을 짤 때는 까맣게 다 익은 열매를 따서 짜는데 전도 부치고 밥에 비벼 먹기도 하며 나물 무칠 때 쓰기도 한다. 기침 감기나 천식이 있는 사람에게는 산초 기름으로 만든 음식이 좋다. 결막염이나 눈에 다래끼가 생겼을 때, 산초 열매 가루를 먹으면 좋다. 나는 이런 약효가 있어서 보다는 그냥 그 향이 좋다. 봄에 나오는 연한 잎을 따다가 상추쌈을 쌀 때 넣어 먹어도 좋고, 야채 샐러드에 넣어 먹어도 좋다. 그 짙은 향이 침을 흐르게 한다.

한여름 뜨거운 햇볕을 받으면 잎이 거칠어져서 그냥 생식하기에는 불편하다. 이제는 가을이 되기를 기다린다. 열매가 다 익을 때쯤 열매, 잎, 잔가지를 함께 넣어 술을 담근다. 약한 독성이 있으므로 산초의 양보다 4~5배의 소주를 붓는 게 좋다. 3개월 정도 지나면 마셔도 좋은데, 빛깔이 검은색을 띠면서 아주 곱다. 고운 검은색이랄까. 뚜껑을 여는 순간 퍼지는 그 짙은 향이 코와 목구멍

을 간지럽게 만든다. 열매와 껍질에서 약간 매운맛이 나면서 비린
내도 조금 난다. 사람에 따라서는 좀 역한 느낌을 받는 경우도 있
다고 하는데, 나는 그 독특한 향이 좋다. 추운 겨울 저녁에 하루를
정리하면서 마시는 한 잔의 산초 술은 내 가슴을 상큼하게 한다.